新潮文庫

軽薄

金原ひとみ著

新潮社版

10982

軽薄

タランティーノやリンチの映画に出てきそうな、場末感のあるダイナーだった。簡素で飾りっけがなく、トレーラーハウスを思わせる安っぽさがある。テーブル席には一組の夫婦がいた。二人は、よく知っている友人だ。私はまだ三歳くらいの息子と並んでスツールに腰掛け、カウンターに背を向けて彼らと世間話を始める。でもどこか、私は居心地の悪さを感じている。息子が突然、この人はママと結婚するんじゃなかったの？　と私を見上げて問う。激しい悲しみが、体中が戸惑って動きを忘れるほど唐突にこみ上げて、そうだ彼は私と結婚するはずだったのだと、私は男を見つめて思う。彼は、私と結婚するはずだった。でも私と彼は政治的に、あるいは思想的に意見が合わず結婚直前に関係を解消し、彼は私の友人と結婚してしまったのだ。私は突然心を押し潰《つぶ》し始めた強烈な悲しみに顔を強《こわ》ばらせ、その幸せそうな夫婦の面前でありながら、涙が堪えきれなくなっていくのを感じた。この人に愛されたかった。そんな渇望《かつぼう》と悲しみの中で熱い涙が一粒こぼれ落ちると同時に激しく慟哭《どうこく》する。両手を顔にあて、私は悲鳴に似た泣き声を上げた。

自分の声で目を覚ました私は真っ暗な部屋のベッドの中、それでもまだ悲しくて、しばらく声を上げて泣き、布団《ふとん》で涙を拭《ぬぐ》い、枕元《まくらもと》の携帯で時間を確認すると再び目を閉じた。現実では久しく感じていない強烈な感情、現実の私は特に政治的思想的な信念を持ち合わせていないにも拘《かかわ》らず、それが弊害となって結婚が破談になるというストーリー、現実には起こり得ない状況だ。でもあの夢が現実ではなく、今自分がいるベッドこそが現実だなどと、誰に言えるだろう。自分が見ているものが現実なのだとしたら、今の夢もまた、私の現実だ。混乱を混乱のまま甘受しながら、私はまた眠りについた。

携帯のアラームで二度寝から目を覚ますと、どうしてあんな設定の夢を見たのだろうと思いながら、涙の痕《あと》の残る顔を鏡で確認した。悲しみは深く、今も心に染《し》みていた。声を上げて泣くほど、私はあの夢の、あの男に愛されたかったのだ。シチュエーションも曖昧《あいまい》で、相手の男性にも見覚えがあるのかないのかはっきりしないほど人物像が曖昧だったにも拘らず、悲しみだけは今しがた味わっただけのリアリティを持って体中に残っていた。今にもまたさっきの悲しみが襲ってきて涙がこみ上げるかもと思ったけれど、顔を洗い終える頃にはもうそんな悲しみがこの世に存在する事が信じられない程に、私は平常心を取り戻していた。

彼の部屋には、きっと普段から綺麗《きれい》にしているのだろうと思わせる落ち着きがあった。例えばクローゼットの中も、靴箱の中も、デスク下のチェストも、三分の一から四分の一ほどは空きがあるくらいの余裕を持って物が整頓《せいとん》されているのだろうと、扉の閉まったそれらの中をそんな風に想像させる程に、彼の部屋には余裕がある。持ち物が少ないという事は、その人にそれだけの余白があるという事だ。

若い男の子の一人暮らしなんてこんなものか。私はそこに過剰な意味付けをしてしまいそうな自分を戒めるためにも、心の中で少し乱暴にそう片付けた。

「ビールありがとね。ごちそうさま」

言いながら空になった缶をテーブルに置いた。彼は微笑《ほほえ》みを浮かべたまま瞬《まばた》きと頷《うなず》きを同時にする。

「久しぶりに会えて良かった。今日、都合が合わなかったら郵便受けに入れておこうと思ってたから」

「授業のない日で良かったよ」

「ちゃんと生活してるって分かったし」

笑って言うと、彼も笑った。あれ、返さなくていいって言ってたから、時間のある時にゆっくり見て。つい十分ほど前に彼に手渡した紙袋を示して言う。わざわざありがとね、と穏やかな表情で言う彼に小さく首を振って、立ち上がってバッグの取っ手に腕を通し、その中に携帯を放り込む。ジャケットを手に取って玄関に向かいながら、じゃあまた今度皆で……と言い終わる前に手首に強い力がかかる。立ち止まって一瞬考え、手首を摑《つか》まれたのだと気付く。振り向いて彼の顔を見ると、なに？　と聞きたいのに彼も、なに？　と言いたそうな顔をしていて言葉に詰まる。僅《わず》かな沈黙の中で、手を振り払う形に曲げようとした瞬間、彼のもう片方の手に口を塞《ふさ》がれた。なに？　という私の言葉はくぐもって、彼にその言葉が聞き取れたか分からない。手首と口元にかかる彼の手の力で壁に背をつけた私の目には涙が浮かんだけれど、その涙にどんな感情が籠《こも》っているのか自分でもよく分からなかった。一つ分かるのは、思いもしない形で訪れた身体的な触れ合いに、体が混乱しているという事だった。夫や恋人でない男の体が自分に触れるという事は、これほどまでに自分を揺るがすのかと唐突に思い知る。

彼は私の唇を手で塞ぎ、もう片方の手を手首から離すとワンピース越しに胸に触れた。両手を彼の胸元にあてて押し返す。拒否ではなく、待って欲しいという意思表示だった。でもその意思表示が受け入れられたら、待ってもらっている間自分が彼に何を言うつもりなのか分からなかった。ここで何か言う必要があるのだろうか。私は受け入れるか受け入れないかという二択を迫られているだけだ。混乱する自分に混乱していると、部屋に引き戻されてベッドに押し倒された。次の瞬間にはワンピースの裾《すそ》がたくし上げられ、その手がパンツを引き下げる。彼はまた左手を私の口に押し当て、右手で私の股《もも》をまさぐる。彼の手には、私が全力で拒否すれば私は彼の手から逃れる事が出来るのだというメッセージが籠められているように感じた。私に強い拒否の意志がない事が分かったのであろう彼は、口から手を離し服を脱がせ存分に私を触った。いつか、こんな事になるんじゃないかと思っていた。私はこれまでも、彼の視線に攻撃的な光を見て取っていた。時折感じるその攻撃性は、周囲の人には分からないほど瞬間的なものだったけれど、その視線は私に、彼とセックスする様子を想像させた。

「ずっとこうしたかった」

「こうって？」

「カナさんに、乱暴な事をしたかった」

「そういうのが好きなの？」

「そういうわけじゃないけど、乱暴にしなきゃ、拒否されると思った」

そうだったのだろうか。乱暴にされなかったら、私は彼を拒んでいたのだろうか。そうかもしれない。最初に彼が私の手首を摑んだ時、彼がもっと優しく触れていたら、私もまたやんわりと彼の手を止めていたかもしれない。線の細い彼の体が自分に覆《おお》い被《かぶ》さっているのが不思議だった。その不思議さが何なのか考えてすぐ、年下の男と寝るのが初めてなのだと気付いて腑《ふ》に落ちる。

「今だけでいい」

彼の言葉に私は冷め、一瞬の後に割り切った。

「じゃあ今だけ」

そう言うと、彼は何か決意するように静かに息を吐いて私の首筋に唇を這《は》わせた。私の両手首を左手で摑み、私の頭上でその両手を押さえつけると彼は胸元にしゃぶりついた。ずっと前に見た、ディスカバリーチャンネルのサバンナ特集で、ハイエナがシマウマの腹に顔を埋め臓物を引きずり出しているシーンを思い出す。

「ずっと好きだった」

ずっとって？　そう聞いた私の唇を彼は唇で塞いだ。この人と初めてキスをした。

「ずっとだよ」

「いつから？」

「気がついたら好きだった。だから多分、出会ったその日から好きだった」

「初めて会ったのは、君が生後三日の時かな」

「じゃあ、その時から」

生後三日の彼の姿と、今の彼の姿は一致しない。私が小学校中学年の頃だっただろうか。私と彼の年齢差が十だから、きっとそのくらいだ。歳《とし》の離れた姉が二十二で結婚し、すぐに彼を産んだ。姉は両親や親戚《しんせき》の集う病室で、カナの甥《おい》よと言った。親戚たちは小さな叔母だなと言って笑った。私はただただ、産まれたばかりの赤ん坊の小ささに圧倒され、何の祝福の言葉もかけられずにいた。私もまた、小さな子供だった。

姉と私の父親は違う。母親は姉が幼い頃に離婚して、姉が十一歳の時に再婚して私を産んだ。姉は実父とは全く会っておらず、新しい父親をお父さんと呼んでいた。表には出さなかったけれど、彼女はどこかで新しい父親と私という、母親が持った新しい家族に対して距離を感じていたのかもしれない。あの子はお父さんには遠慮するからねと、母親は事あるごとに言っていたし、大きくなってから周りを見ると、歳の差が大きかった事もあるだろうが、私たち姉妹の結びつきも、よその姉妹に比べて随分薄く感じられた。歳の近い兄弟、姉妹のいる友達らを見ながら、強烈な憧《あこが》れを抱いていたのを覚えている。姉は、私の存在を、ただそこに生じた現実の象徴としてしか捉《とら》えていなかったように、今となっては感じられる。彼女に特別可愛《かわい》がられた記憶も、特別邪魔者扱いされた記憶もないのだ。私は姉と暮らしていた間、一人っ子とも違う、ある種の不能感を抱きながらあの家に居た気がする。

私は二十一の時に息子を産んだ。八年の歳月をかけて我が子は百二十五センチになり、毎日健やかに学校に通い勉学に励んでいる。その姿を見ているとあまりにもその成長は遅く、八年間育ててこの程度かと残念な気持ちになる。我が子が少しずつ自分一人で出来る事を増やし、どんどん難しくなっていく教科書と向き合っているというのにだ。でも、ペンシルベニアに長期駐在をしていた姉夫婦が一年前に帰国して、ほぼ十年ぶりに見た彼は、信じられないほど大きくなっていた。第二次性徴期を完全に見逃したせいだ。今の我が子と変わらないほどだった身長は百八十センチまで伸び、手足は細く長く伸び、いかにも今の若者といった体格になっていた。焦《こ》げ茶色の猫っ毛の髪、くたっとした素材のワイシャツ、幅の広い革靴。そういう一つ一つが彼の若者らしさを強調しているように見えた。前に会った時、あなたまだ、こんなだったのよ、腰の辺りに手のひらをかざして言うと、彼は困ったように笑って、そう、カナさんはこんなだった、と言って頭上高くに手を伸ばして言った。そうして彼が世慣れたような返事が出来る事も不思議だった。でも彼は、帰国子女特有の、世慣れしているのにあか抜けていないというアンバランスさを持ち合わせていて、私は彼を前にしていると落ち着かなかった。手のひらで転がされているような気がする時もあれば、まだ何にも知らない子供なんだと思う時もあった。私にとって、生後三日で見た甥も、渡米前に会った八歳の甥も、今の彼とは別物に見える。十四歳くらいの時、あるいは十六歳くらいの時、ただの一度でも会っていれば、私はあの赤ん坊と今の彼を関連づけて捉える事が出来たかもしれない。でも十年の時を経て再会した彼は、声変わりをしてどこもかしこも肉が落ち、完全に男になっていた。ずっと見下ろしていた彼を初めて見上げ、私は彼を甥と認識出来なくなっている事に気がついた。彼の中では、子供の頃見ていた私と、今の私は合致しているのだろうか。

彼は一心不乱に愛撫《あいぶ》していた。私も、私の体も見ていないかのように、彼は一心不乱だった。ろくろを回している人が、その作っている壺《つぼ》を見つめて手を動かしながら、その壺自体を見つめている訳ではないように、彼の視線は何か別の物を見ているような気がした。私が彼の服と下着を脱がせなければ、彼は挿入にも思い至らなかったかもしれない。入れる直前にふっと思い出したように彼はコンドームをつけた。その様子を見て、アメリカで叩《たた》き込まれたんだなと考えていた私は、自分が思っていたよりも冷静だったのかもしれない。彼の体は薄く、筋肉がついているというよりはその肉のなさのせいで腹筋が割れ、胸筋が浮き出ているように見えた。あまりに細い彼の裸体に、私は一瞬動揺した。でも挿入されて突き上げられている内、どうでも良くなった。カナさん、と呼ばれて目を開くと彼は焦点が合わないほど近くからじっと私を見つめた。

「どうしたらいい？」

彼が何について話しているのか、私は迷った。一瞬、射精の仕方を聞かれているのかと考えて、そんなまさかと思い直す。

「どうするって」

「好きなんだ」

今だけって言ったでしょと言うのも酷な気がして、私は喘《あえ》ぎ、質問の答えをごまかした。カナさん、と彼は繰り返し名前を呼んだ。下の名前にさん付けで呼ばれるのに慣れていない私は、くすぐったいような気持ちの中で、彼の名前を呼べずにいた。呼んだら何か、ぎりぎりの所でせき止めているものが流れ出してしまうような気がした。もうだめだ。また名前を呼ぶ彼に、顔を上げ目を開くと、私は彼の首筋に手を伸ばし引き寄せた。舌を絡《から》ませながら、これ以上入らない所まで突き上げて彼は射精した。

直哉《なおや》さんとは、どうなの？　彼の言葉に顔を上げ彼の目をじっと見つめる。

「変なこと聞いた？」

「ううん、別に。仲良くやってるよ」

「じゃあどうして俺と寝たの？」

「どうしてって」

私は言葉に詰まって煙草《たばこ》を手に取り、煙草吸っていいと聞いて、彼が頷いたのを確認してから火をつけた。

「弘斗《ひろと》が魅力的だからだよ」

「直哉さんの事は好き？」

好きだけど別に好きでもない、好きだけど別にそれは恋愛感情みたいなものじゃない、と言い訳じみた答えをするのも気が引けて、どう答えて良いのか分からず黙って煙を吸い込む。

「今日、夢を見て泣きながら起きたの」

「どんな？」

「自分と結婚するはずだった男の人が、別の人と結婚して、奥さんと目の前にいるの。

私はその奥さんとも友達で、普通に話してるんだけど、私の連れてた小さな子供が、この人はママと結婚するんじゃなかったの？　って私に聞いた瞬間強烈に悲しくなって、両手を顔にあてて号泣して、その手を離したらベッドの上にいたの」

「泣く夢を見てる時って、現実で泣きたいのに泣けない時、なのかな？」

「別に、現実で悲しい事はないんだけど」

　ベッドの上に座る彼はその骨張った体にボクサーパンツだけを身につけていて、それを見た瞬間このパンツも姉の夫が稼いだお金で買われたのだと思い出し、今しがた終わった行為に重みを感じる。このベッドも、このマンションも、姉の夫が稼いだ金で買われ、借りられている。彼はまだ働いた事がないのだ。私は何故《なぜ》、彼と十年ぶりに再会した時、彼の容姿を見ただけで「男だ」と感じたのだろう。彼の成長と同時に、彼の無力さも認識して然《しか》るべきだったのかもしれない。急激に、罪悪感のような、嫌《けん》悪《お》感《かん》のようなものが足下から立ち上がって胸が詰まるような息苦しさを感じる。私は灰に気付いて、片手でバッグを探り携帯灰皿を開いた。

「誰にも言わないで」

　灰皿に灰を落としながら言う。

「言わないよ」

「今だけって言ったよね」

「……言った」

「もうしないから」

彼は黙り込み、私の煙草を一本手に取り火をつけた。パンツとブラジャーを身につけ、ワンピースに腕を通す。煙が気になって窓を開けると、吹き込む風の新鮮な匂《にお》いに、逆にむっとする。生きる道が見つかったと思ったんだ。小さな声に振り返って彼を見つめる。

「カナさんのために生きようと思ったんだ」

目眩《めまい》のような感覚に襲われて体のバランスが崩れた気がした。窓の前に置かれたデスクに手をつき、体を支える。健全な家庭に育ち、優秀な成績と、爽《さわ》やかさと優しさを併せ持ち、完璧《かんぺき》なバイリンガルで、大学で建築を勉強する前途有望な彼が何故そんな絶望的な事を言うのだろう。何か悩んでるの？　と聞きかけて、そんな健全な大人らしさを装《よそお》った言葉を突きつけるのは最低な気がして口を噤《つぐ》む。

「二人でどこかに行かない？」

「ディズニーランドとか？」

彼は私の冗談に答えず、煙草を吸い込んだ。煙草を吸う甥を見ていると、彼はまた更に記憶の中の姿から遠ざかり、どこか道ばたで知り合った行きずりの男のような気がしてくる。二人でどこかに行かない？　彼は私の言葉を打ち消すようにもう一度同じ言葉を口にした。

「大学は？」

「辞める」

いつもの彼とは別人のようだった。前髪のかかる顔に血の気がない。さっきまであんなに激しくセックスしていた男とは思えなかった。

「二人で海外で暮らさない？」

彼の言葉に、私は絶望的な気持ちになる。軽い苛立《いらだ》ちと共に煙草を灰皿に押し付ける。カナさん、と呼ばれて見下ろすと、彼は私を見上げていて視線が重なる。

「何か悩んでるの？」

私の最低な言葉に、彼は僅かに傷ついたような表情で私を見つめ、すぐに目を逸《そ》らした。あんなに気持ちのいいセックスをした後、こんなに最低な気分になるとは思わなかった。理由の分からない嫌悪感に顔をしかめ、バッグとジャケットを持って玄関に向かう。パンプスに足を入れていると、彼がパンツ一枚のまま部屋から出てきて私の両腕を強く握る。

「俺も一緒に行くよ」

「一緒に私の家に帰るの？　私の家庭を壊したいの？」

引きつった表情のまま言うと、そうじゃない！　と彼は大きな声を上げた。私は恐怖心が湧《わ》き上がってくるのを感じる。ついさっきまで彼の腕の中で彼の性器を受け入れていたのが信じられなかった。どうしてこんな事をしてしまったんだろう。一瞬にして、私は今日の自分がとった行動を全《すべ》て後悔した。

「そうじゃない。何も壊したいなんて思ってない」

「じゃあ私と一緒にどこに行くの？　海外ってどこ？　止《や》めてよ、放して！」

私の言葉に体が反応したように、彼は私の腕を放した。彼は自分の意志とは関係なく、体が勝手に放してしまったかのように不思議そうな表情を浮かべ、もう一度手を伸ばしかけた。止めて。と自分で予想していたよりも大きい声が出て、もう一度足をパンプスに馴染《なじ》ませ勢い良くドアを開ける。ふっ、と驚きのあまり声を吸い込む。見知らぬおばさんが私と視線を合わせ、私の後ろにいるパンツ一枚の彼を一瞥《いちべつ》して、すぐに前を向いて歩き始めた。どくどくと心臓が鳴っていた。私は後ろを振り返ると彼と一瞬見つめ合い、黙ったまま足を踏み出しドアノブから手を放した。エレベーターに向かいながら後ろを振り返ると、おばさんが彼の家から二つ向こうの扉に鍵《かぎ》を差し込んでいる所だった。ドアの向こうで私たちの会話を聞いていたのか、それともあの瞬間ただ通り過ぎただけなのか、分からなかった。

動悸《どうき》はなかなか収まらなかった。マンションを出て、駅のロータリーが見えてきた頃、ベッドの中で聞いたバイブ音を思い出して携帯を手に取る。プレスルームから一件留守電が入っていて、留守電を聞き終えると同時に発信アイコンをタップする。はい、プレスルーム、レフルールでございます。女性の声に、先ほどそちらの山路《やまじ》さんからお電話を頂きました引田カナと申しますが、と答えながら、私はロータリーの向こうの駅を見つめる。色々な障害物の隙間《すきま》から、駅に走り込んで来る電車が見える。みぞおちの辺りを鷲掴《わしづか》みにされたような痛みが走った。僅かに体をかがめ、呼吸を整える。はっと後ろを振り返り、またはっと前を見つめる。担当者に代わった電話の向こうからは、もしもし引田さん？　と親しげな声が聞こえてくる。お久しぶりです、来週お伺いしようと思ってるんですが、と自分の口からするすると言葉が出て来るのが不思議だった。何でもないように話しながら、立ち止まったままあちこちを見渡す。突然無重力の世界に投げ出されたように、どうして良いのか分からなかった。

ドアを開け靴を脱いでいると、ママ？　と俊《しゅん》の嬉《うれ》しそうな声が聞こえて、すぐに足音が近づいてきた。俊の後ろからシッターの横山さんが顔を出し、おかえりなさい、と微笑んで言う。

「おかえり。ママ、一緒にご飯食べれる？」

「うん。横山さん、まだ料理作ってないですよね？」

「はい。今、一緒に宿題をやっていた所です」

「じゃあ、今日は二人で、何かパスタでも取ろうか？」

「やったあ。いくらのパスタがいいな」

いいね、と言って微笑む。きっと今日、直哉は遅くなる。二人だったらパスタとサラダでも取れば充分だろう。私は横山さんに今日はもう上がってくださいと言い、玄関まで見送った。自室で机に向かって宿題をやっている俊に、ちょっとお風呂《ふろ》ねと声をかけると、うん、という返事が聞こえた。

勢い良くシャワーから流れるお湯を浴び、頭のてっぺんから足の先まで、あらゆる部分を念入りに洗う。膣《ちつ》の中にも指を入れてぬめりを洗い流す。顔面にシャワーを浴びると、水圧の強さで痛みに近い感触が走る。鏡にお湯がかかり、化粧の落ちた自分と目が合う。鏡に背を向け、振り返る。背中に手をあてるとぼこっとした痕を指でなぞる。夫と出会ったのが九年前で、私は九年ぶりに新しい男と寝た事になる。九年ぶりでも変わっていなかった。私は新しい男と寝るたびこの傷跡を思い出す。

彼と付き合い始めたのは高校二年の頃だっただろうか。付き合い始めてすぐ、埼玉の自動車整備工場に勤めていた彼の家に転がり込み、私は東京都心にあった高校まで毎日一時間十五分かけて通った。男友達と遊んでいただの連絡を取っていただの、常にそういう理由はあったにはあったけれど、彼はほとんど言いがかりに近い理由をつけて次第に束縛を強め、高校を卒業する頃には、私は放課後明確な目的なしに寄り道する事を禁止されていた。そして彼の束縛に呼応するようにして、私自身も彼への束縛を強めていった。高校卒業後は、毎日、彼が仕事にいっている間以外の時間を彼と過ごした。パチンコも、外食も、クラブも、買い物も、いつも一緒だった。私たちはずっと一緒で、そしてほとんど空気を吸うように互いに言いがかりをつけ、毎日のように言い争いをし、それは頻繁に殴り合いの喧嘩《けんか》にも発展した。今思えば、何をあんなにも焦《あせ》っていたのか、何があんなにも不安だったのか、よく分からない。でもとにかく私たちは何らかの必然性に駆られて殴り合い、つかみ合い、互いを罵倒《ばとう》し合った。よく仲裁に入ってくれた友人らは、どつぼにはまっていると私たちを表現した。確かにそうだった。二人で作り上げた要塞《ようさい》に二人で閉じこもり、その世界を強化し続け、その世界の倫理に反する小さな罪を見つけ出しては糾弾し攻撃し合う。私たちのしている事はそういう事だった。私は本気で、この人と刺し違えて死んでもいいと思っていたし、彼もそうだったはずだ。彼が私を殺すか、私が彼を殺すか、二人で心中するか。私たちの関係は近い内にそういうどちらか、あるいは二人の死で終わるだろうと、二人とも信じていた。しかしその生活は呆気《あっけ》なく終わった。私はクラブで彼の目を盗んで知り合った男と浮気をして、その一週間後にはほとんど夜逃げをするように家を飛び出し浮気相手の家に転がり込んだのだ。私を浮気に突き動かしたのは、その相手の魅力ではなく、友達から聞いた一つのエピソードだった。内容はあまりよく覚えていない。でも確か、電話口で彼氏と喧嘩をして、かっとなって電話を切ったら、もう電車も止まっていたため彼が自転車で一時間かけて家まで来て、ごめんと謝ってくれて仲直りをした。みたいな話だったように思う。短大に通い、彼氏とくっついたり離れたりを繰り返しながら、きゃっきゃと私にのろけ話をする彼女が、私には眩《まぶ》しかった。殺されるか、殺すか、二人で死ぬか。恋愛の果てにあるものがそれだけだった私にとって、彼女の話は現実的でありながら激しく遠い話だった。でもそんな話、聞き慣れていたはずだった。彼との喧嘩や別れ話でてんやわんやの話なんて、しょっちゅう聞いていた。つまり。私の中で彼との関係に目を逸らしがたい違和感が生じ始めていたのは確かで、その違和感の果てにあったのがあの夜逃げだったのだろう。

夜逃げ以来、一日に何百回もの着信と何十通ものメールと、入るだけの留守電が入った。愛してる、帰って来い、話がしたい、ぶっ殺すぞ、お前と相手の男見つけ出して殺してやる、どこまでも追いかける、地の果てでもどこまでもついていく、絶対に逃げられない、お前は俺のものだ、今すぐにお前を見つけ出して殺してやる、今すぐにだ。今すぐにそこに行ってお前を殺す。今すぐに。数日間私はそんな言葉を送られ続け、番号を変えても案の定新しい番号はどこからか彼にばれ、また再び脅迫の日々が続いた。浮気相手の元にも嫌がらせのメールや電話が掛かるようになり、彼の会社にも脅迫が始まったのを機に、とうとう警察に届け出た。次第に浮気相手は挙動がおかしくなり、不眠症に悩まされ始めた。実家にも無言電話が一日に何十回も掛かってくるようになったと聞き、もうこのまま私が殺されてしまった方が社会にとっても良いのではないかと思い始めた頃、住所がばれ、ドアや郵便受け、窓ガラスに落書きや破壊行為を受ける日々が続いた。ずっと相談していた警察からようやくつきまとい等の禁止命令が出された頃、浮気相手は私を捨てた。

居場所を失った私は携帯をプリペイドに変え、しばらく友達の家を転々とした挙げ句、キャバクラの寮に入った。寮には様々な事情を抱える女たちが居た。子連れでD

V夫から逃げ出してきた女、ホストに貢《みつ》ぐため安い寮に入っている女、借金まみれで自己破産して行き場のなくなった女、あらゆる行き場を失った女たちがいて、私はそこでようやく息の吸い方を思い出したように、気楽になった。数ヶ月もするとそれなりの貯金が出来て、店の近くの不動産屋に行き、いくつかの物件の資料をもらって不動産屋を出て、もらった資料を折り畳んでバッグに入れている時、私は後ろからものすごい勢いで突き飛ばされた。車に激突されたんじゃないかと思うほど強烈な衝撃だった。倒れ込んだまま両手のひらと両膝《りょうひざ》を激しく擦りむいている事が分かったけれど、その痛みのためではなく、何か呪《のろ》いにかかったかのように起き上がれなかった。何でこんな風に動けないんだろう起き上がれないんだろう。そう思った瞬間、周囲で叫び声があがった。はっと呪いから解けたように顔を上げ逃げなくちゃと足に力を入れた瞬間、男が数人のサラリーマンともみ合ったあげく、アスファルトに押しつけられている姿が目に入った。動かないで、犯人は取り押さえられたから、警察も、救急車もすぐに来るから、動いちゃ駄目、起き上がっちゃ駄目、自分は看護師だと言う女の人が私の体を抑えたまま落ち着いた声で背後から言った。どくどくと波打つような痛みが両膝と両手と、もう一ヶ所背中にある事に気がついて、私は起き上がる事を諦《あきら》めた。

傷は深かったもののナイフは動脈にも内臓にも触れておらず、ナイフが刺さったまま搬送されたため出血も少なく、私は縫合と二週間の入院で退院となり実家に帰る事になった。気がかりは、彼はいつ外に出てくるのかという事だった。私はこれから永遠に、あの男への恐怖と共に生きなければならないのだろうかと思うと、精神的には殺されてしまう方が楽だった。既にストーカー被害を届け出ていて、禁止命令も出されていたため、警察、検察官からの事情聴取、実況見分など面倒な事も多々あったものの、裁判では被害者感情を考慮され、ビデオで簡単な証言を求められただけだった。男には懲役七年が言い渡され、控訴《こうそ》もなく、裁判は終わった。

そうしてどこか他人事《ひとごと》のように裁判の行方を見守り、犯人の男を刑務所送りにした後も、私は生きた心地がしなかった。男はもう刑務所に入っている。もう何年も出て来ない。分かっているのに、今閉じている目を開けたら、また元の世界に戻って再びあの男からメールが届き、電話が鳴り、刺されるような気がした。私は次第に外出が出来なくなり、人と連絡が取れなくなっていった。精神を病むか自殺か、二択しかないように思えていた中で、両親が留学を提案した。死ぬよりはいいかなという気持ちと、あの時一回死んだようなものなんだからという気持ちで赴いたイギリスで語学学校と並行して服飾系の専門学校に入り二年が経《た》った頃、夫と知り合った。イタリアの服飾ブランドの日本法人からマーケティングディレクターとして派遣された彼は、三十五歳でロンドン支社に引き抜かれ、本格的にロンドンに腰を落ち着ける事が決まった所だった。夫との出会いから結婚までは本当に短く、スムーズだった。研修として出入りしていたプレスルームで彼と出会い、その頃付き合っていた彼氏と別れて正式に付き合い始めてものの数ヶ月で、私たちは大使館に出向き婚姻届を提出したのだ。付彼と私の間には何の障害もなく、全てが私たちを祝福するかのように事が運んだ。付き合い始めてすぐの頃、背中の傷に気付いた彼は私にその理由を聞き、私は自分がイギリスに来る事になった経緯を彼に話した。不謹慎だけど君が刺されてくれて良かった、と彼は笑った。刺されなかったら俺たち出会ってなかったんだから、と続ける彼にそうだねと微笑み返していた自分は、もうストーカーに怯《おび》えていた自分とは別人だった。ロンドンでストーカーにつきまとわれる恐怖から解放されて生きている内に、そこで新しい男たちと付き合う内に、私はいつしか刺された事を過去の事にしていた。私はもう、あの男の事を「かつて愛した人」ではなく、「ただのストーカー」として認識していた。

結婚後は全てが淡々とスムーズに、健全に運んだ。出産と同時に服飾学校を辞めて育児に専念していた私は、息子が五歳になった頃、夫に日本支社の服飾部門の本部長に抜擢《ばってき》される話がきたと聞き、久しぶりにそのストーカーの存在を思い出した。刺されてから八年が経っていて、ちょうど出所の時期だった事もあって、懸念《けねん》を抱かずにはいられなかった。それに加え、震災と原発事故から割とすぐだった事もあって、私は悩んだ。放射能も心配だったし、地震のある国に住むという事が、八年間地震と無縁だった私には空恐ろしい事のように感じられたのだ。私はイギリスに残りたいと言ったけれど、日本は踏み台だから日本で数年働いた後また別の国に行く可能性を前提にしている、と彼は説得した。ストーカーの事を気にしてるなら大丈夫。警備のしっかりしたマンションに住んで、せっかく英語も話せるんだから俊はインターに入学させて、常にシッターをつける、と彼は約束した。私はその時初めて、彼の社会的地位の意味が分かった気がした。金と地位さえあれば、ストーカー一人に怯える事なく暮らせるのだ。もしもストーカーがまたアクションを起こしたとしたら、きっと夫は自分の人脈と金を行使して必ず彼に制裁をくわえ、私を守るだろう。社会の底辺にいたあのストーカーはきっと今も底辺にいて、そんな底辺ストーカーは、夫にとってはまるで脅威ではないのだ。私は、初めて社会的地位を持つ夫を持つ意味を実感すると同時に、あれほどの恐怖に殺された方がましだとまで思い詰めていたかつての自分自身を嘲笑《ちょうしょう》されたようにも感じた。最終的に、私は日本行きを受け入れた。私自身、就労ビザの取れないロンドンに居続けて専業主婦を続ける事に疑問を抱いていたのだ。

帰国した私たちはクリーニングやタクシーの手配、部屋の掃除のサービスも受け付けているコンシェルジュ付きのマンションに住み、本当にきっちりと守られた生活を送った。私は夫の知り合いに紹介してもらった芸能事務所所属のスタイリストとして二年働き、一年前にフリーのスタイリストとして独立した。全てが面白いほど充実していた。面白いほどに完璧な人生、完璧な家庭、完璧な生活が出来上がっていた。それは、それを享受《きょうじゅ》する者に幸福の意味を考える余白すら与えない、ある種暴力的とも言える完璧さだった。

イギリスにいた頃は、もっと雑だった。天井の高い、綺麗なアパートに住んではいたけれど、中では裸足《はだし》で息子と駆け回っていたり、近所の公園にバゲットとチーズとハム、ワインをバスケットに詰めてピクニックに行ったり、休日には息子と夫と三人でアイリッシュパブでフィッシュ＆チップスを食べてビールを飲んだり、人も日常もどこか雑然として、たゆたえど沈まず、といった緩やかな空気があった。でも日本に来た途端、私たちの生活、家庭、ひいては自分が親であり大人であり社会人であるという意識までもがきっちりと作り上げられ、まるで伸びしろがなくなってしまったような気がする。日本に来て、夫の勤務時間がどっと増えた事もあるかもしれないし、自分自身が働き始めた事もあるかもしれない。とにかく今の私は、「明日ピクニック行こうか？」などとは絶対に言えないのだ。

お風呂から出て楽なワンピースを着ると、私は電話でパスタとサラダとコーラを二つ注文した。いつもは横山さんに作ってもらう事が多いため、二人で出前なんて久しぶりだった。

「僕はさ」

「うん」

「ロンドンのこと覚えてる？」

「覚えてるよ。ちょっとね」

「どんな事覚えてる？」

「家の近くに、公園があったよね？　あそこで転んで泣いてた時の事を覚えてる」

「いつの事かな。私は近くにいた？」

「ママは、アンナと一緒にいたんだ。敷物に座って、多分ビールを飲んでた」

「ああ、そんな事あった気がする。じゃあ、セシルもいた？」

「うん。セシルが僕が転んだのに気がついて、ママたちに言いに行ってくれたんじゃなかったかな」

アンナとセシルは近所に住んでいて、公園で仲良くなった親子だった。セシルは俊より二つ年上だったけれど、二人はいつも仲良く遊んでいた。未《いま》だにクリスマスカードのやり取りをしているから俊も記憶が繋《つな》がっているけれど、帰国以来、もう三年会っていない。またすぐに遊びに来るからねと目に涙を溜《た》めて手を振ってから、私は一度もロンドンに行っていない。私と夫の休みを合わせるのも大変で、年に一度の海外旅行は普段の慌《あわ》ただしさから逃れられるリゾート地ばかり選んでしまっている。

「帰りたいの？」

「え？」

「ママは、イギリスに帰りたいの？」

「イギリスは好きだよ。でも日本も好きだし、仕事も楽しい。だから、帰りたいとは思わないけど……」

ここにいても喜びがない。私はその言葉を喉《のど》の奥に留めた。ゆとり、気楽さ、余裕、いや、何だろう、言葉ではうまく言えないけれど、日本に戻って以来私はあるものを喪失したような気がしている。日本に戻って得たものもたくさんある。でも、その喪失した何かが、自分の中で存在感を増していっている気もするのだ。

「俊は、どこか住みたい国ってある？」

「僕はアメリカがいいな」

　俊は無邪気に言う。自分から聞いたくせに、私は俊の無邪気な言葉に軽く呆《あき》れていた。そして同時に弘斗に言われた、二人で海外で暮らさない？　という言葉が思い出される。どんな経緯があって発された言葉かは分からないけれど、鼻で笑いたくなる衝動に駆られた。

「どうして？」

「レイもクリスもアメリカ人だし、弘斗くんもずっとアメリカに居たんでしょ？　僕も一回住んでみたいよ」

　インターに通っている彼の友達の多くはアメリカ人だ。私は、初めて俊を弘斗に会わせた時の事を思い出す。珍しく緊張した様子の俊に弘斗は気さくに話しかけ、彼がインターに通っていると知ると、俺たちは二人きりの従兄弟《いとこ》なんだよ、と弘斗は英語で俊に囁《ささや》いた。俊はにこっと笑い、僕はずっと兄弟が欲しかったんだと答えた。姉夫婦と弘斗がたまにここに遊びに来ると、俊は弘斗を引っ張ってテレビゲームをやろうと誘う。二人が英語で感嘆の言葉を発し、小突き合いながらゲームで遊ぶのを、私はいつも充実感を持って眺める。英語と日本語がちゃんぽんになってしまうのを防ぐため、家では英語を禁止していたけれど、弘斗が来ている時だけは許す事にした。俊がそれほどまでに熱中して弘斗と遊んでいるという事が、私は嬉しかった。

弘斗はアメリカの大学に行きたいんじゃない？　一度そう姉に聞いた事がある。アメリカの大学に入れるのにどれだけお金がかかるか知ってる？　と、呆れたような口調で姉は呟《つぶや》いた。姉の夫の働く医療機器メーカーが早期退職者を募集している事をニュースで知っていた私は、そっかと呟いてそれ以上弘斗の大学については話さなかった。アメリカではそうかもしれないけれど、フランスやイギリスだったら、留学させてもそこまでのお金はかからないんじゃないだろうか。そんな疑問を胸に抱きながらも、姉が苛立つだろうと思い提案はしなかった。私は、自分自身が日本に居る事に違和感を抱いているから、弘斗にも同じような気持ちがあるのではと思ってしまうのだろう。私は日本に居ると、自分には何かが足りていないような気がしてしまう。がむしゃらに生きていないと、一瞬でも停滞すると、少しずつ何かを喪失しているような気持ちになる。常に何らかの目標や理想を持ち、それに向かってひた走っていないと、自分が何かひどく劣った存在であるような気がしてしまう。だから日本に戻ってからずっと、私は何かをし続けていた。仕事、育児、家事、それ以外にも自宅のインテリアコーディネート、新しいショップやプレスルームの開拓、とにかくずっと情報収集をし、動き回り、次は何をするべきか考え続けてきた。自分がフル稼働《かどう》して、頭の中も生活もしっかり機能しているという充実感と同時に、私には無力感が巣くっている。能動的に動いていないと自分自身が空っぽに感じられて、その状態が辛《つら》いから、こんなにも必死になって家庭と仕事と自分自身を実のあるものに転換させようとしている気がしてしまうのだ。イギリスでは、人付き合いも、ご飯も、社会も必要最低限のもので回っていて、その土地や人のマイペースさに苛立つ事はあっても、自分が停滞してしまう事への危機感はなかった。その違いは、例えば十枚もれなく毛玉のついたニットを前にどれを着ようか迷っている時と、百枚のドレスのかかったワードローブの前でこれかあれかと試着しまくっている時との違いに似ている。毛玉ニットよりも百枚のドレスの方が心が躍る。試着しながら楽しくて仕方ない。でも疲れるのだ。毛玉ニットしかない世界に居た時は、それ以外の選択肢は考えなかった。でも百枚のドレスの前に立つと、もっといいドレスがあるかもと、人は更にショッピングにさえ繰り出してしまうのだ。日本にはそういう、煌《きら》びやかさと焦燥感、そしてそれらに付随する無力感がある。輝きと、影がある。ロンドンでは、爪《つめ》の先で毛玉をむしり取る事が日課になるような、そしてある日隣人が貸してくれた毛玉取り器を使ってみてその便利さに驚いたりするような、そんな素朴な生活を送っていたように思う。

夕飯の後片付けをしていると、携帯が鳴った。「携帯灰皿忘れてる」一言だけのメッセージに、私は返信せずに携帯をロックした。銀色の、つまみを押すとぱかっと蓋《ふた》の開く携帯灰皿を思い出し、同時に彼の煙草を吸っている姿を思い出す。彼は何かに苦悩しているのだろうか。自分は十六歳から、後にストーカーとなる男と同棲《どうせい》しながら、セックスと薬と酒にまみれた破滅的な生活を送っていたというのに、まるで弘斗が悩みもなく健全、潔白であるのが当然というような気持ちを持っている自分に気付いて眉間《みけん》に皺《しわ》が寄る。思い直して携帯を手に取ると、「捨てて」と一言入れて送信した。

「一回話せない？」弘斗の表情が蘇《よみがえ》る。ドアの所で一度振り返って、最後に視線を交わしたときの表情。どうして良いのか分からないというような顔で、私を見つめていた。でもそれを見つめていた私も同じような顔をしていたんじゃないだろうか。「しばらく忙しいから、落ち着いたら連絡するね」無意識的に、姉に見られてもいいような文章にしている自分に気付いて、一瞬迷った後に送信する。彼から一言、分かったと返信が来て、私は視線を下向けた。

「ママ、一緒に寝てくれない？」

お風呂上がりの髪の毛を拭《ふ》いてやっていると、俊が珍しく甘えた声でそう聞いた。

「うーん、ちょっとまだお仕事があるから」

「一緒にお布団に入るだけ」

ちょっとだけだよ？　と聞いて俊が頷くのを確認してから、じゃあちょっとだけねと、俊と一緒に子供部屋に入った。一緒に寝るの久しぶりだね、俊の言葉にそうだねと呟いて布団に潜り込む。一緒に寝てしまわないように、携帯で仕事のメールに返信を書き始める。

「ねえママ」

なあにと言いながら、今週末のテレビ局での仕事についてモデルのマネージャーから届いた長ったらしいメールに返信を打ち始める。事務所のイメージ戦略の方向転換で急にあれこれ指示を出されていた。以前のイメージとは大きく変わる事、本人がその意向に同意しているのかどうかなど、確認と牽制《けんせい》を籠めたメールを打ち込んでいく。ねえねえ、と重ねられた言葉に苛立ちを感じながら俊を振り返る。

「なに？」

「ぎゅってして」

俊の言葉に、一瞬嫌悪感を抱き、それを押し隠して一回だけねと呟いて腕を伸ばしぎゅっと抱きしめる。私の胸に抱かれた俊は、胸から顔を離すと両手を私の両胸に当

てた。同時に私の太ももにあたっていた彼の股間《こかん》がびくんと反応して、私は両肩に手をあて強い力で押し返す。

「離れなさい」

素直に離れた俊に、胸は触っちゃ駄目よと強い口調で言う。

「どうして？」

「胸はプライベートな場所なの。家族でも触っていい場所と触っちゃいけない場所があるって、八歳ならもう分からないと」

ごめんなさいと呟いて俊は私に背を向けた。苛立っていた。何故八歳にもなってママと一緒に寝るだの、胸に触ったりだののスキンシップを求めるのだろう。私は苛立ちと共に、今日の弘斗とのセックスを思い出していた。八歳の息子には胸を触るなと言い、十九歳の甥には全てを許した自分に、あらゆる角度から疑問が芽生える。俊が十九歳になったら、私は近親相姦《そうかん》を許すだろうか。そんなはずはない。あくまでも私は、彼が弘斗であったから許したのだ。でも、弘斗が甥でなかったとしたら、私は彼を受け入れたのだろうか。そうなのだろう。でも、弘斗の成長を間近で見ていたとしたら、彼が子供から大人になっていく様子を目にしてたとしたら、きっと彼を受け入れる事は出来なかったはずだ。それは私が俊に性的なものを認めたくない気持ちと同様に、受け入れられなかったはずだ。

「ママの事が好きなんだよ」

悲しげな俊の言葉に、私も俊が好きだよと答える。頭を撫《な》でると、背を向けている俊に背を向け、携帯のメールに集中した。苛立ちは激しさを増していた。自分の事が信じられなかった。これまで信じてきたあらゆる事に対して、私は疑いを抱かずにいられなかった。メールを打ち終え送信ボタンをタップすると一瞬眠気に目を閉じ、メールを送信し終えた音ではっと我に返り、眠ってしまった俊を置いて子供部屋を出た。キッチンでワインを注いで一杯一気に飲むと、もう一杯注いでリビングのソファに腰掛けた。携帯の画像フォルダを開いてスクロールをする。今年の正月、実家に集まった時の画像が残っていた。

イギリス滞在中、私は一年か二年に一度程度、暇ができると気まぐれに帰国していたけれど、姉はきっかり二年に一度、夏休みにしか帰国していなかったようで、だから日本の夏は暑いからと夏を避ける私とは十年間会う機会がなく、私たちが本帰国をした後に一度姉が一時帰国をした時も、私たち家族はシンガポールに旅行をしていて会えなかったのだ。そんな足並みの揃《そろ》わない姉妹がようやく二人とも日本に戻り、行事やイベント事に家族皆で集まれるのが両親は嬉しいようで、父親はことあるごとに集まろうとメールを入れてくる。幼い頃からずっと、姉と父親の間にはどことなく距離があったけれど、十年もの間国境を挟んで離れていた事が思いがけず距離を縮め、彼らの関係を本物らしい親子に塗り替えたように私は感じている。

今年の正月にも、私たち姉妹は息子を連れて実家に帰ったのだ。二人とも夫が仕事のためにちらっとしか来られなかったため、画像には息子たちと私たち、そして母親の五人で写っている。きっと父親がこの写真を撮ったのだ。穏やかな表情で微笑《ほほえ》んでいる弘斗を見つめている内、私は今日の記憶が色々な事と重ならなくなっているのに気がついた。

不意に、過去の記憶が蘇る。姉夫婦がまだ八歳だった弘斗を連れてアメリカに旅立った時、私はあの男と、近い未来ストーカーになる男と付き合っていた。私はまだ十八で、子供もいなければ夫もおらず、ただひたすら、激しい恋愛に現《うつつ》を抜かしていた。ソファから体を起こし、リビングの本棚の前に椅子《いす》を置く。その上に立ち上がって一番上の段から分厚いアルバムを手に取る。そのまま椅子に座り込み数ページめくった所で手を止める。まだ小さい頃の弘斗がいた。今の俊と同じくらいの弘斗だ。今の弘斗よりも若い私は金髪をくるくるに巻き、いかにも家族のイベントに付き合わされた若者らしく、不機嫌を顔に滲《にじ》ませている。あの頃、私には何となく、弘斗という存在が甥というよりも歳の離れた弟のようなものとして捉えられていて、だからこそそんな訳の分からない存在に近付き難さと苦手意識を持っていた。私は幼く、小さな子供の扱い方も知らなかった。何が好きなの？　ジャンプとか読むの？　くらいの言葉は掛けたかもしれないが、そのレベルを超えて話した事があったとは思えない。思えば、私だってイギリスに行く前は、ほんの子供だったのだ。社会経験もなく、未来の事も考えられず、ただひたすら男とクラブと薬と酒ばかりの生活を送り、その男に追いつめられて死のうかとまで思い詰めていた。私は写真の中の弘斗をじっと見つめる。アメリカから帰ってきた弘斗は男になっていて、再会した瞬間少しきょとんとした表情で私を見つめてから、カナさん？　と顔をほころばせた。かっこ良くなったねと言いかけて、甥にかける言葉として適しているだろうかと、息子を持つ母としての懸念が邪魔をして、大きくなったね、と台詞《せりふ》を変更した。こんなに小さかったのにと話した後、どれくらい身長差あるかなと言いながら彼の目の前に立ち、自分の頭に手を置いてから、ぐっと上に伸ばした私の手を彼が摑み、もっとあるよと笑って自分の頭の高さに合わせた瞬間、私はこの人といつか寝るかもと思った。それが一年前の事だった。

いつもと変わらない速度で歩いているつもりだったけれど、ついさっきまで仕事で使っていた服を詰めてあるスーツケースのキャスターがゴロゴロとせわしない音をたてているのを聞いて、いつもより早足になっている事に気付く。小雨が降っているからかもしれない。あるいは、喉が渇いているから。苛々しながら吸っていた煙草を足下に捨てる。すれ違ったサラリーマンがむっとしたような表情で私を見つめた。日本では道ばたにゴミ箱がなく、街には清掃員もいないのに、ゴミも犬のウンコも落ちていないし、吸い殻もほとんど落ちていない。そう言うと外国人は皆不思議がる。家に持ち帰ってきちんと分別してゴミの日に出すのだと教えると目が点になる。イギリスに居た頃、どんどん細分化されていく日本のゴミ分別についてのニュースなどを見ると、そんなの私には絶対無理と思っていたけれど、帰国したらしたで分別について情報収集し、きちんと分別できてしまう自分にも驚いた。こんなにマナーが厳しい国になんて生きていけないと思っていても、自分の中に染み付いた独特の律儀《りちぎ》さは朱に交われば一瞬で蘇るのだ。本帰国と同時に、私は十個ほどの携帯灰皿を買い溜め、必ずライターと煙草と共に持ち歩くようになった。この、しんと自分自身が鎮《しず》まりその場の規範やルールを受け入れていく流れは、小学生だった頃の記憶を思い起こさせる。私は毎朝、学校嫌だな勉強かったるいし人間関係もめんどくさい、と思っていたにも拘《かかわ》らず、いざ行ってしまうと案外真面目《まじめ》に勉強した。友達も多かったし、図工や体育、音楽などもまともに取り組み平均以上の成績を取った。嫌だな嫌だなと思いはするものの、その場に行ってしまえば反抗も口答えもせず、その場に溶け込み真っ当に課題に参加した。私にとって、日本は学校のようなものだ。好きではないし、行きたいとも思わない。でも行ってしまえばすぐ馴染む。それなりの安心感もある。ここに居れば大丈夫、そんな風に思ったりもする。でもここに居続けるには、常にルールを厳守する必要がある。私はそこまで考えると、さっき捨てた吸い殻のことを思い出す。やっぱり捨てるんじゃなかった。防犯カメラがなくても、誰にも見られていなかったとしても、私たちは自分で自分を監視しているのだ。

ガラス戸の前までくると、ドアマンがすっとドアを開けた。ドアをくるとまとわりつく湿気が消え、からっとした冷房のきいた空気に、一気に苛立ちが鎮まる。スーツケースを持ち上げ三段の階段を登ると、ラウンジの中を見渡す。ほぼ同時に互いを認めた瞬間、彼の目が少しだけ緩み、手も上げずただ静かに唇の端を僅《わず》かに持ち上げたのを見つけて、私は自分が急いでいた理由を思い知る。私が急いでいた理由はきっと、雨でも喉の渇きでもなく弘斗だった。

「あのテーブルにシャンパンを一杯」

いらっしゃいませと声をかけてきた店員に彼の座る席を指差して言うと、私は柔らかく毛足の長い絨毯《じゅうたん》にヒールを埋もれさせながら席に向かった。遅れてごめんと言いながらスーツケースのハンドルを縮め、柔らかい革のソファに腰掛ける。

「仕事が押して」

「大丈夫」

ポケットに入っていた携帯を取り出して一度光らせると、約束の時間を三十分過ぎていた。ごめん、遅れる、その一言をメールする事に何故か抵抗があって、連絡もしていなかった事があまりに非常識だった気がして、今更ながら申し訳なくなっていく。

「ごめん、連絡すれば良かった」

「大丈夫だよ」

彼はそう言って微笑んだ。

「それビール？」

そうだよと言う彼に、未成年でしょと言いかけて、何を言うつもりだと自分に呆れる。でも同時に、私が未成年だった頃と今では訳が違う、という気持ちにもなる。未成年者に対するあれこれはどんどん厳しくなっている。この十数年で、煙草のポイ捨ては非常識という認識に変わり、飲酒運転の規制も厳しくなり、合法だったドラッグが軒並み非合法になり、煙草税も随分上がった。

「もう少しで二十歳だよ俺」

「知ってるよ」

私は、彼に会ってどこか満たされていく自分に気付き、敢《あ》えて無愛想な態度を過剰に出している事に気付いて、その事実に動揺する。店員が置いたシャンパンをすぐに持ち上げ、弘斗の差し出したグラスにぶつける。

「お酒の飲み方知ってる？」

「飲み方って？」

「酔いつぶれないでいられるのかってこと」

「大丈夫だよ。ビールで酔いつぶれる事はないから」

「ならいいけど。酔っぱらった若者を介抱する余裕はないからね」

「今日はゆっくり飲めるの？」

私はポケットの中をまさぐって、煙草とライターを取り出した。何かのバランスを取るように、ゆっくりと煙草を一本抜き取り火をつける。

「弘斗が何をしたいのかよく分からないんだけど」

「カナさんはどうしたいの？」

思わず口を噤んで弘斗の目を見つめる。

「カナさんがどうしたいのか、俺たちの間にはそれしかないよ。カナさんがもう二度と会いたくないって言うなら俺は従わなきゃいけないし、カナさんがもう一度だけって言うなら一度だけ会うし、何度でもって言うなら何度でも会う。カナさんの希望が俺の未来になるよ」

「そんな理不尽な話ってある？」

「理不尽じゃない恋愛なんてある？」

十代の男に不釣り合いな言い草に私はむしろ不安を感じて、眉間に力が入るのが分かった。

「全部カナさんの望むようにするよ。直哉さんに秘密でずっとって言うなら俺はずっと秘密でそうするし、一生内緒にしろって言うなら、永遠に誰にも言わない。全部カナさんの望み通りにするよ」

「弘斗はどうしたいの？」

「言わせてどうするの」

「私は弘斗を搾取《さくしゅ》するような事はしたくない」

「どうしてそんな事言うの？」

彼の糾弾するような口調に、口を噤んで今の自分の言葉に非常識な要素があっただろうかと顧みる。

「どうやったってカナさんの言いなりになるしかないよ。俺は全てカナさんの言いなりになるつもりであいう事をしたんだ。俺には何の権利もない。カナさんが望むなら俺は逮捕でも何でもされるよ。俺はこれから先の人生を捨てる覚悟でやったんだ」

「無理矢理されたなんて思ってない」

「俺が無理矢理やらなきゃカナさんは抵抗してた」

弘斗の言葉に嫌悪感が募っていく。自分が卑怯《ひきょう》な人間に貶《おとし》められている気がした。

「私は自分の意志で受け入れたの」

言いながら、これを弘斗が録音していたらという懸念が頭に浮かぶ。でも、そんなの別にどうでもいいという気持ちもあった。彼を受け入れた瞬間、私もそれなりに、この先に起こり得る諸々《もろもろ》を受け入れたのだろう。

「大学に気に入ってる子とかいないの？」

しょうがないだろ？　弘斗が若者らしい口調で荒げたい言葉を無理に抑えて言ったせいで隣の隣の席の打ち合わせ中らしきサラリーマン二人がこちらを見た。

「俺だってそこに至るまでに色々悩んだし、迷ったよ。その上でそうしたんだ。この期《ご》に及んで他の女がどうとか言うのは、何ていうか、そう、無神経だよ」

真剣に考えてくれないか？　彼が真面目に言葉を繋げば繋ぐほど、真剣に考える事が出来なくなっていく悪循環に、私は気がついた。

「俺んちに行かない？」

彼はビールを飲み干してそう言った。弘斗の家には行きたくない、私はそう言って、部屋取るよと続けた。姉の夫の給料で借りられている彼のマンションに行くのが、私は恐ろしかった。

「ここ払っといてくれる？」

弘斗が頷《うなず》くのを確認すると、これお願いとスーツケースを指差してからロビーに向かった。フロントでカスタマーカードに名前を書き込む時、私は一瞬躊躇《ちゅうちょ》して、そこに旧姓と、実家の住所を書き込んだ。

「お支払いは？」

「現金で」

明細を考慮してそう答えた。カードキーを持ってフロントに背を向けると、弘斗がスーツケースの取っ手に手をかけ、大理石の柱に背を持たせたままこっちを見つめていた。笑うと半月のような形になる優しげな目に、柔らかそうな髪の毛。成犬のレトリーバーのように頼りがいがあるようなないような、頭が良さそうでもあり悪そうでもある、愛嬌《あいきょう》のある顔立ちだ。エレベーターに乗り込むと、私はその鏡張りの扉ごしに弘斗を見つめ、そこから目が離せなくなる。

「弘斗、三代目が会社を潰《つぶ》すって知ってる？」

「何それ」

「一代目は苦労して会社を作るでしょ？　二代目はその父親を見て育ってるから、会社を大切に育てる、でも三代目は起業の苦労も知らない坊々《ぼんぼん》で、あっという間に会社を潰す」

「初めて聞いたよ。実際、三代目で潰れる事が多いの？」

「まあそんな言葉があるくらいだし、実際多いんじゃないかな。あ、それで、弘斗は何か、四代目みたいな感じだなって思って」

「四代目って、どんな感じ？」

「何もなくなった後、粛々と努力して、小さな規模で再び起業する感じかな。でも、一代目みたいに希望を持ってる感じじゃなくて、ひたむきなんだけど、何かどこか、熱さがないっていうか、いや、ぱっと見熱く見えるんだけど、よくよく見てるとその熱さは他の人には熱いと思えないような熱さだったりするような」

「俺は、一代目と同じように激しい情熱を持ってるよ」

「そういう事言っちゃえるのが一代目との決定的な違いだね」

「そこが決定的な違いなら、それは単に時代の違いかもよ」

言いながら、彼は私の左頬に落ちていた髪の毛を耳にかけた。その動作を鏡ごしに見ていた私と目が合うと、彼は私の手を取って開いたエレベーターから降りた。カードキーを押し込んだ扉がかしゃんと音をたて、ドアノブを捻《ひね》って押し開けると、弘斗はスーツケースのハンドルを縮めてクローゼットの前に押しやり、後ろから抱きしめた。明るい日差しが差し込む二十五階の部屋の中、私はその明るさと整然とした部屋のレイアウトを見て唐突に羞恥《しゅうち》を感じる。

「電気消さない？」

「消さない」

「カーテン」

閉めないよと笑って弘斗はキスをした。この間した時も、弘斗の部屋は明るかった。いつもする時必ず電気を消す夫の事を思い出す。シャツを脱がされながら、もう二杯か三杯、シャンパンかワインを飲んでおけば良かったと思う。この間みたいにいきなり押し倒されたのと違って、今日は自分の思考がまだ正常な範囲で稼働していて、一戸惑いが拭《ぬぐ》えなかった。でもそもそも、正気で出来ないセックスなんてしない方が良いんじゃないだろうか。首筋を這《は》う唇が耳をふくみ、小さなチェーンのピアスがさらさらと音をたてる。私を振り向かせキスをすると、弘斗は舌を絡《から》ませながらブラジャーのホックを外し、唇を離した瞬間、何考えてるの？と聞いた。掠《かす》れた声が私の集中力の欠如を責めているようで、答えずに弘斗の白いワイシャツのボタンに指をかける。パンプスを履いた足が汗でじっとりしていた。来てと手を引っ張られてベッドに投げ出され、馬乗りになった弘斗を見上げながら、ベッドからはみ出している足を捻ってパンプスを床に落とす。両手首を頭上で押さえられると安心して、私はようやく彼とする事に集中出来た。

カナさん。呼ばれたのは、私の名前だ。そう気付いた瞬間、はっと瞼《まぶた》を開けて辺りを見渡す。枕元《まくらもと》のデジタル時計は18:35と出ていて、ほっと息を吐く。眠ってからまだ一時間も経っていないだろう。

「寝ちゃった」

寝てたね、と満足そうに微笑んで、弘斗は一本もらうねと言って私の煙草《たばこ》に手を伸ばした。伸びをして、一度大きく深呼吸をして体に目覚めを促す。

「煙草、ずっと吸ってるの？」

「いや、たまに人にもらうだけ」

「それだけ背高ければもう止まってもいいんだろうから、好きなだけ吸えばいいよ」

「煙草吸うと背伸びないの？」

「私は吸い始めたと同時に止まったから、何かそんな気がするの」

　そっかと呟いて、彼は火をつけ、何時に帰るのと聞いた。

「今日中なら」

「どっか、ご飯でも行く？」

「ご飯より、飲みたいかな」

　言いながら、弘斗はこの辺で美味《おい》しいレストランやワインバー、パブなんかをまだ知らないんだなと思う。いつも仕事で付き合っている人たちは、人気のカフェやレストラン、隠れ家的なバーを知っていて、この辺だったらあそこが、と何軒も頭にインプットされている。そういう事を知っていたり、そういう店にスマートに先導出来るという事が、日本に於《お》いては洗練されているという事、社会的であるという事なのだと、仕事をしていく中で思い知らされてきた。弘斗には、どんな問題も柔軟に解決する決断力と実行力が既に備わっているように感じられる。だとしたら、彼が日本で仕会人として生きていくために必要な残りの要素は、そういうミシュラン的情報でしかないのかもしれない。きっと社会人になれば、彼はひどいミスや恥ずかしい勘違いをせず、スムーズな道筋を通って社会に適応していくだろう。アメリカで社会活動やボランティアに参加していたという経験が、彼の社会に適応しやすい素養を作ったのかもしれない。大学の進学に有利になるからという理由も含めて、彼は高校に入ってからずっと、小学生向けのワークショップに参加していたという。そこで日本語を教えたり、日本の文化を教えたりして、子供たちにも人気があったのよと姉がいつだったか話していた。彼は幼い頃から空手をやっていて、黒帯を取ってからは馴染《なじ》みの道場で小さな子たちに教える手伝いをしていたとも話していた。確かに、俊との関わり方を見ていても、彼は子供に慣れている。日本の若者は、何かしらの理由で赤ん坊や子供が身近である人以外、子供が苦手な人が多いように感じる。私だって、自分に子供が生まれるまでは、歳《とし》の離れた甥《おい》に何と話しかけて良いのかすら分からなかったのだ。彼には、難がなさ過ぎる。何となくそう思う。最近の若者というのはそういうものなのかもしれないと思うと同時に、やっぱり今私にしている事も含めて、彼には何かしらの歪《いびつ》さを感じる。

「弘斗、帰国してからも空手やってるの？」

「ああ、今はやってないんだ。通いたい道場が遠くて、ちょっと迷ってて。何で？」

「いや、細いだけかと思ってたけど、改めて見るとちゃんと体が引き締まってるなあって思って」

そう？　と笑って、彼は煙草をもみ消した。シャツはどこにいったかなと思いかけて、ドアのすぐ前で脱がされたんだと思い出す。裸のまま立ち上がると、私はベッドの脇《わき》に落ちていたパンツに足を通す。

「カナさん」

「うん？」

「どうしたのそれ？」

何がと言いかけて、ああと呟く。

「昔刺されたの」

「誰に？」

「男に」

「どうして？」

どうしてかなと苦笑して言う。

「分からないよ」

「大丈夫なの？　何ともなかったの？」

「何ともないよ。大丈夫」

「いつ？」

「十年以上前。弘斗がアメリカに行ってすぐの頃」

「どうして？」

二度目の疑問を口にした弘斗に、シャツを着て振り返り、分からないよと呟く。痴情のもつれって言うの？　と小さな声で言いながら冷蔵庫を開ける。

「ワイン飲もうか」

「うん」

栓抜きを探していると、弘斗はパンツ一枚の姿でやって来て、グラスを二つ棚から取り出した。

「やってみる？」

「何回かやった事あるよ」

「うまく出来る？」

どうかなと微笑む彼に、真《ま》っ直《す》ぐ刺してねと言いながら栓抜きを渡す。彼が栓抜きをコルクに刺している間、私はナッツの缶を取り出してプルトップを引いた。口の広いグラスにナッツをがさっと出すと、窓際《まどぎわ》の丸いガラステーブルに置く。シャツとパンツの姿でソファにあぐらをかき、窓を見つめる。外はもう真っ暗で、日が短くなってきたんだなと、今年初めて実感する。ぽん、と音がして、できた、と声がする。彼はグラスとワインを持ってきて、テーブルに置いた。最後にこつんとコルクを置くと、白いワイシャツを羽織って、私の隣に座る。

「うまいじゃん」

「もう大体の事は出来るよ」

「十九歳って、どんなだったか忘れちゃったな。十九歳の頃、私はまだワインのコルクがうまく抜けなかった気がする」

「刺されたのって、幾つの時？」

「十八歳だった」

満たされたワイングラスを持ち上げて乾杯をする。ガラスが厚く、安っぽいグラスだったけれど、いい音が鳴った。色々あったの。私の言葉に色々かと彼は呟く。弘斗は私の背中に手をあてる。冷房で冷えた部屋の中、冷えかけていた体の一部分にだけ温かさが蘇って私はほっとする。痛かった？　私は一瞬口を噤《つぐ》んで、痛かったっていうか、びっくりした、と言う。

「いきなり刺されたの？」

「いきなり。後ろから。最初は突き飛ばされたと思ったの。刺されたって分からなかった」

「刺した人は今何やってるの？」

「知らないけど、もうとっくに出所してるはず。イギリスに行ったのも、その事があったから」

「そうなの？」

「まあ、元々ファッションには興味があったし、もちろんそれだけじゃないけど。やっぱり大きなきっかけにはなったかな」

「全然、知らなかった」

この事、お姉ちゃんには言わないでねと続ける。私が刺された事、それが理由で渡英した事は、両親と夫、数人の友人しか知らない。もしも当時、姉がこの事を知っていたら、きっと大騒ぎしたはずだ。そして彼女が大騒ぎしている様子を見て、私は彼女が狂喜乱舞しているように感じただろう。私と姉には分かり合えない部分がある。それはお互いによく分かっている。だからこそ、彼女はアメリカにいる間、ほとんど私に連絡を寄越さなかった。それで良かった。渡英したと伝えたのも、移住してから一年くらい経ってからだったように思う。弘斗がいつの間にか大人になってしまったのは、私たちがそれほど疎遠《そえん》だったからだ。

「カナさんは、母さんと仲が良くないの？」

「悪くないけど、別に良くもないよ」

　そう、と呟いて彼はワイングラスを持ち上げる。十九歳の男が飲むのに適した酒は何なのだろう。少なくとも、ワインではなかった。チューハイとか、ビールかな。そう考えながら、私は姉の事を思う。彼女は、私から見るとがさつだ。どことなく品がなくて、お金の話や病気の話など、人が躊躇するような話を平気で誰にでもするし、侘《わ》び寂びや機微が理解出来ない、理解しようともしない人間に見える。デリカシーがない。一言で言えばそうだ。例えば弘斗が産まれて産院にお見舞いに行った時、彼女は私たちの前でおもむろに授乳を始めた。父親が気を利《き》かせて病室を出て行くと、別に気にしなくていいのにと姉は呆れたように言った。彼女はどこか、自分がオープンな性格である事に過剰に自信を持っているふしがある。短大の頃、カナダにホームステイをしていた経験が彼女をそうさせたのかもしれない。だからこそ、彼女はアメリカにすぐに馴染んだようだった。全《すべ》てをオープンにし、隠し事をしない事、それこそが誠実であると、彼女は本気で信じているように見える。アメリカの映画やドラマでよく、ゲイの人が周囲の人にそれを打ち明けられずに苦しんだり、ゲイ宣言したり、そこで生じた家族内の対立を解消したりするストーリーを目にするたび、私は違和感を抱く。誰かに自分の性癖を吐露出来ない事が不幸であるという考え方は受け入れ難い。マイノリティである事をマジョリティの側に入れてもらい認めてもらう事がマイノリティの幸福であるかのような、そんな本末転倒を感じる。そもそも同性愛者であろうが異性愛者であろうが、自分の恋愛対象であるものを人目にさらすというのは本来恥ずかしい行為のはずだ。だから私は飲み会などで頻繁に発生するどんな男が好きかという、私が同性愛者であるという可能性を無視した二重に失礼な質問をされても本音を口にする事はないし、結婚式なんてエロサイトの視聴履歴を晒《さら》すのと同程度に恥ずかしい儀式に思えるのだ。でも私がその違和感を口にすれば、姉は全て真っ向から否定するだろう。彼女は全ての秘め事を否定し、善と悪、陽と陰、敵と味方をきっちり分け、単純な対立軸を作る事にこだわっているように見える。現に、姉は私や夫、弘斗でさえも、彼女への反対意見を述べると「あなたはどちらの側につくのか」という敵味方の区別を優先させ、そこをはっきりさせない限りその先の話に進ませないという、無意味な立ち回りをする。そもそも彼女にとって会話というものはハイタッチ的コミュニケーションでしかなく、相手が自分を批判しない、相手が仲間である事を確認するためのツールでしかないのかもしれない。

　今年のお正月、実家で会った時、食卓の端でニュースを伝えるテレビを見やりながら、姉は眉《まゆ》をひそめて凶悪事件に「信じられない」、虐待《ぎゃくたい》の事件に「我が子を虐待するなんて鬼ね」、医療事故のニュースに「可哀想《かわいそう》に」とコメントをした。テレビのコメンテーターを模倣したような言葉を発する彼女に、私は何か病的なものを感じた。彼女は、物事の裏側にあるものを絶対に見ようとしない。彼女は「悪いことだ」と判断するとそこで思考停止し、その敵を完膚無きまでに否定しようと躍起になる。もちろん彼女は彼女なりに自分の正しさを信じているのだろうし、彼女なりの正義を持っているのだろうが、父親は違えど同じ母親から生まれた姉に対して、私はある種の強烈な不信感を拭えないまま生きてきて、それでもそれなりにうまく付き合えてしまう程度に大人になってしまった。

　弘斗がアメリカで姉と共に生き、こういうデリカシーのある男に育ったのが不思議だった。私が姉を見て不信感を抱いてきたように、弘斗も母親への苦手意識からそういう道を避けてきたのかもしれない。あの母親と暮らすのは、苦痛ではなかったのだろうか。私は息子としての彼の在り方に、これまで随分と無頓着《むとんちゃく》であった自分に気付く。

「弘斗は、アメリカに戻りたいって思う？」

「戻りたくないと言えば嘘《うそ》になるけど、強烈にっていう訳ではないかな」

「これからどこか、行きたい所はある？」

「よく分からないんだ」

「まだ若いからね」

「アメリカにいた頃は、周囲の人たちとうまくやって、何の問題もなく過ごしてたけど、どこかでここじゃないんじゃないかって思ってたんだ。やっぱり自分が日本人だからかなって、どこかで思ってた。一応はまってるけど、ここじゃないのかなって思うような、パズルのピースがちょっとずれてる感じで。でも日本に帰ってきたら、もっとそのずれが大きくなった。でもこっちには親戚《しんせき》もいるし、大学でもうまくやれてるし、ここじゃやっていけないって思うほどの違和感でもなくて、何となく馴染んできてる。だから、アメリカにいた頃の方が気分は楽だったけど、戻った所でこの違和感は残るんじゃないかって今は思う」

日本に戻って違和感が大きくなりつつも、やっていけないと思うほどではないという感覚はよく分かる。日本には、辛い事がない。目に見えて辛い事は、何もない。温い生活の中で、何となくやっていけてしまう。欧米では有色人種は人種差別と隣り合わせだし、言葉の壁や文化の違いも大きくのしかかる。すれ違い様に、バスやチューブの中で、突然人種や国籍について罵《ののし》られる事も珍しくはないし、外を歩けば物乞《ものご》いに金をせびられ、ぼんやりしているとジプシーの子供たちに狙《ねら》われる。怠惰な郵便局の職員や配達員のせいで郵便物や荷物が紛失したり盗難にあう事も多かったし、市役所や移民局でひどい扱いを受けるのは日常茶飯事で、その度にあちこちたらい回しにされながら権利を主張し、交渉し、訴え続けなければならなかった。一回死んだようなものなんだからとロンドンに行ったはずだったのに、最初の一年くらいは自分の人生を呪《のろ》ってばかりいた。でも一年が過ぎた頃から唐突に、怒りも悲しみも感じなくなった。怒りと悲しみはここで生活する上であまりに非合理的な現象であると、体が認識したのかもしれない。それから私は、どんなに不条理な目に遭おうと、どんなにひどい待遇や差別に出会おうと全く心が動かなくなり、「へえ」という一言が頭をよぎるだけになった。

日本では、そういう国に生きている緊張感から完璧《かんぺき》に解放される。ここまで清潔で安全な国は世界中どこにもないだろう。今ある平和を守ろうと過剰に閉鎖的になってしまうのもある意味当然なのかもしれない。でも、温い温いお風呂《ふろ》の中でぼんやりしている内、脳みそが耳から溶け出していくような、そういう浸蝕《しんしょく》系の苦しみが、日本の滞在が長くなっていくにつれてどんどん堪え難くなっていく。この、ガス室に僅かずつガスを送り込まれるような蝕《むしば》みを体感していると、日本に自殺者が多い理由が何となく分かる気がする。次第に生きる気力が蝕まれ、そろそろいいかな、とまるでお風呂から上がるかのように一人静かに死んでいく道を選択する人の気持ちが。生きる目的を、生きる目標を、少しずつ見失ってしまいそうになる。そしていつしか、人生とはただの暇つぶしでしかなく、人が生まれてから死ぬまでにする全ての事が暇つぶしであるという事実から目を逸《そ》らすための現実逃避の手段が、人生に意味や目標を見いだすという行為なのではないかと思ってしまう。

「弘斗は、向こうで思春期っていうか、色々考える時期を過ごしたから、国籍とか移民ていう所にその違和感の起因を感じてきたんだろうけど、それは多分弘斗がずっと日本にいたとしても同じように抱えてたものなんじゃないかな。分からないけど、弘斗の感じてる違和感は、環境によって左右されない部分なんじゃないかって思う。この先色んな環境の変化でそれが薄れる事はあるだろうけど、根っこから完全になくなる事はないんじゃないかな」

「堪えられないわけじゃないんだ。もちろんアメリカの嫌いな所も日本の嫌いな所も同じようにあって、両方ともどうしても嫌って訳じゃない。でも酸素が薄いっていうか、たまに苦しくなるんだ」

弘斗は私の背中にあてた手を滑らせて肩を抱いた。社会人になってあらゆる処世術を身につければ、その違和感は減っていくだろう。

「少しずつ、生きやすくなっていくよ」

社会に出て、結婚して、子供が出来て、歳を重ねていく内に薄れていき、それを意識する事もなくなっていくだろう。何かと擦れている内に皮膚が硬くなっていくように、心も摩擦によって強くなる。私がイギリスで悲しみも苦しみも何も感じなくなったように。でもそれは、苦しくないという事とは、辛くないという事とは違うのかもしれない。そう思うと、生きやすくなっていくと断言してしまった自分が偽善者のように感じられる。

「カナさんはどうなの？　イギリスに戻りたいとは思わない？」

「思うよ。でもストーカーに刺されて、これから先もずっと、いつか殺されるかもって恐怖と共に生きて行くのかって絶望してた時に親に留学を提案されて、この恐怖から解放されるなら場所なんてどこでもいいって思ったの。まあ、向こうで大変な思いして、死んでやるって思った事も何度もあったけど。でも、基本的には、死ぬよりましって感じで、どの国も絶対に無理って事はない。同じように、ここじゃなきゃ駄目って事もない」

「海外に行ったのは刺した男のせいで、日本に連れ戻したのは直哉さんて事だね。男に振り回される人生だ」

彼の言葉が嫌味なのかどうなのか、測りかねた。

「弘斗とこうしてる事がばれたら、私はきっと夫と姉と両親に絶縁される。俊の親権も取られるかもしれない」

「失いたくないなら、全部俺のせいにすればいい」

「多かれ少なかれ弘斗も私を振り回してる」

「日本から連れ出せるくらい振り回せるようになりたいよ」

弘斗はそう言って肩に回した手を頭に乗せ引き寄せた。この間までただの甥で、たまに、あの子はどんなセックスをするんだろうと想像するだけの存在だったのに、一度本当にセックスをしてしまったら、弘斗は頭の中から追い払いきれない存在になってしまった。彼に国外に連れ出される事はないだろうが、会いたいと言われれば、会わないようにしようと決めていた意志が傾く程度には既に振り回されているのだ。

男女の関係というものは、まず最初に付き合いがあって、その次に同棲や結婚があり、子供が生まれる事もあれば、裏切りやすれ違いで壊れる事もあれば、長い人生を共にしたりもする。でも、弘斗と行き着く先の想像のつかなさに途方もない気分になる。かつて見た映画のシーンが頭に蘇る。あれは叔父と姪《めい》だっただろうか、いや、兄と妹だっただろうか、歳の離れた二人が互いに惹《ひ》かれ合う気持ちに戸惑いながら愛し合い、家族や恋人、仕事、あらゆるものを失い、最後には二人で全てを捨てて逃避行をするという話だった。怒濤《どとう》の展開に引き込まれて見ていた私は、彼らが逃避行を始めた途端茶番を見ているような気になってがっかりした。全てを捨てる覚悟をした途端、彼らの恋愛は完全に魅力を喪失してしまったのだ。何らかの葛藤《かっとう》の中にある恋愛にしか、魅力はないのかもしれない。でも今の私にはあの映画で激しく惹かれ合い、戸惑っていた男女のような葛藤もない。夫も子供も、姉も、場合によっては両親も失うかもしれないと思いながらそれを恐れる気持ちは湧《わ》き上がらない。かと言って、弘斗のために全てを捨ててもいい、全てを擲《なげう》っていいとも思わない。ストーカーになった男と別れて以来、私は恋愛感情の果てに全てを擲ってもいい、死んでもいいと思った事がない。恋愛のために何かを捨てる事が出来なくなってから、死んでもいいと思えなくなってから、むしろ私は自分の意志では捨てられないものばかりを背負い続け、背負った分だけつまらない人間になり下がってきたような気がする。失えるものの数だけ、人は魅力を携えるのかもしれない。そう考えれば、私のために全てを捨てる決意をした弘斗が魅力的なのは当たり前だ。私は、彼が全てを失う覚悟をしたという事実に圧倒されて、セックスしたのかもしれない。

「カナさんは、直哉さんと結婚してから他の男と付き合ったりした事はなかったの？」

「貞操観念て言葉知ってる？」

「知ったのは割と最近だけど、その観念は持ってるつもりだよ」

「例えば、お母さんが浮気とか不倫とかしてると思う？」

「分からないけど、前に出会い系サイト見てる所を見た事があるよ」

うそ？　と呟《つぶや》いて顔をしかめる。お姉ちゃんが出会い系サイトなんて、あまりに不似合いな組み合わせで俄《にわか》には信じられない。

「アメリカで？」

「うん。母さんがリビングでパソコンやってたから、何見てるのかなって思って後ろからちらっと覗《のぞ》いたら出会い系だった」

「それ、間違って広告をクリックしただけじゃない？」

「それは分からないけど」

「弘斗はお母さんが出会い系やってたとしたら嫌じゃないの？」

「人が恋愛したりセックスしたりするのが嫌なんて事ないよ」

「そっか。まあそんなもんかな。私も父親の不倫知った時、別に何とも思わなかった」

「おじいちゃん不倫してたの？」

「うん」

「母さんが恋愛するのもセックスするのも、自由だよ。それで親が離婚するのもね」

私は、弘斗のこういう所に激しい親近感を抱く。例えば姉がどういう経緯で出会い系サイトを見ていたのかは分からないけれど、彼女は元々不倫という言葉を聞いた瞬間眉間《みけん》に皺《しわ》を寄せるような人なのだ。父親の不倫だって、もしも姉が聞きつけていたら父親を激しくなじっただろう。人として最低だ、相手の女性とは別れたの？　お母さんの事傷つけて！　などのワイドショー的価値観に則《のっと》った台詞が予測出来る。でも弘斗は母の恋愛は自由だと言う。相手が母親であれ誰であれ、彼は同じ事を口にするだろう。どんな関係であろうが、全く無関係であろうが、人を個人として捉《とら》える彼に、私は親近感を抱いている。相手が誰であろうが意見や評価がぶれない事は重要な事だ。家族だから許せる、家族だから許せない、といった台詞を口にする人を、私は信じられない。そういう情のようなものは、狂気にしか感じられないのだ。

「でも、私との事を知ったら、お姉ちゃんはすごくショックを受けると思う」

「そうかもね」

「お姉ちゃん、私の事刺すかもね」

「俺じゃなくて？」

俺なわけないでしょ？　と覗き込むと、弘斗は眉をあげてそう？　と言う。弘斗には、想像力が欠けている気がする。

「俺さ、子供の頃よく見る夢があったんだ。母さんが俺に包丁とかナイフとか突きつける夢で、しょっちゅう汗だくで飛び起きてたんだ。だから、俺は何となくいつか殺されるんじゃないかって思いながら母さんと暮らしてた気がする。母さんには言わなかったけど」

デジャヴュを感じて視線を泳がせる。すぐに思い出した。ストーカーになった男だ。彼はよく、子供の頃に見た夢の話をしていた。よく見る夢があったんだ、と弘斗と同じ語りだしで、小さな女の子が飛び降り自殺する夢で、その顔がもの凄《すご》く、強烈に恐ろしい顔だったんだ、と話していた。小さな男の子というのは、そんなに同じ悪夢を繰り返し見るものなのだろうか。

「お姉ちゃんが刺すとしたら私だよ。弘斗みたいな息子を刺せるわりがない」

そう言いきった瞬間、弘斗は姉から性的虐待を受けていたんじゃないかという想像に囚《とら》われる。そうして歪《ゆが》められた性欲が、姉と微《かす》かに似ている私に向けられた。母親の性的な支配と抑圧を恐れていたから、彼は母親に包丁を向けられる夢を見続けた。私は低俗な想像を掻《か》き消すようにワインを飲み干す。弘斗が気付いてワインを注ぎ足した。

空に星が光っているのに気がついて立ち上がると、両手を窓にぴったりとくっつける。冷たいガラスは私の手のひらを冷やし、少し冷房を弱めようかと思った瞬間、窓ガラスに弘斗の姿が映る。後ろから抱きしめる弘斗の手の甲に、冷えた両手のひらを押し当てる。弘斗の性器が固くなっていくのが背中で分かって振り返ると、弘斗は私がさっき着たばかりのパンツとシャツを脱がせていく。

「座って」

彼は張り出している出窓の前を指差し、そこに座った私の肩を押して背中をガラスに押しつけ、私の両足を持ち上げ大きく開かせた。部屋があまりに明るすぎて、私は顔を下向ける。背中一面が冷え、乳首が硬くなっていくのが分かる。

「こっち見て」

そう言って彼は一歩さがり、して見せて、と呟いた。右手を性器に這わせ、左手で胸に触れる。

「電気消して」

「消さないよ」

弘斗は後ずさってベッドに座り、私を見つめながらテーブルに手を伸ばし煙草を一本取り出し火をつけた。せわしなく煙草を吸いながら、弘斗はベッドの脇に手を伸ばしゴムを一つ切り取った。窓際からベッドまでは二メートルもなかった。それでも彼にどこにも触れられないまま、自分で性器を触っていると落ち着かなかった。

「こっち見て」

いつの間にかまた俯《うつむ》いていた私に彼が言う。この部屋の中でただ私の息だけが荒くなり、指の動きが速くなっていく。弘斗は煙草を吸いきり雑に灰皿に押し付けるとグラスに残っていたワインを飲み干した。

「舐《な》めて」

目の前に立った彼がパンツを脱いで言った。私は片方の膝《ひざ》を上げたまま左手でクリトリスを弄《いじ》り、右手で彼の性器を持ち上げた。睾丸《こうがん》の下から先端まで何度も舐め上げる。彼が目を瞑《つむ》ってため息をつくのを下から見上げながら左手の指の動きを速めていく。右手の真ん中に唾液を垂らし、そこで亀頭《きとう》を包み込むと、手首を捻って手のひらを滑らせる。彼は大きく息を吸い込んで息を止め、ゆっくりと息を吐き出していく。左手をクリトリスから離し彼の太ももに触れる。口だけで性器を咥《くわ》えると、彼は僅かに声を上げて私を押しとどめガラス窓に押し付けた。その場に膝をつき、彼は私の両足を持ち上げ舐め始める。ずっとこういう気持ちのいい事をしていられたらいいのにと思う。彼がクリトリスにキスをする。舐め上げ、軽く歯を立てる。声を上げる私に彼が視線を上げ、また舌で舐め上げる。痛みに近い快感が走り、足の付け根が引きつっていた。入れてと言うと、彼はゴムをつけ、後ろから挿入した。激しく声が上がるのを止められない。窓に手をついて下を向いている私を抱きかかえるように起こし、左手の指を口に二本入れ、右手はクリトリスを探り当てた。膣《ちつ》が何度も痙攣《けいれん》した。彼のこの性的な成熟は何によるものなのか。ベッドに投げ出されると同時にその不安は頭から抜け落ち、上に乗る彼の背中に手を回した。

タクシーの中、携帯をチェックする。仕事のメールが数件と、夫から一件着信が入っていた。私は待ち受け画面に戻すと、弘斗と交わした今日の待ち合わせを設定するための一連のメッセージを消した。着信履歴と発信履歴を確認し、バッグに残っていたホテルの領収書をちぎってタクシーの窓から捨てる。ふと、やっぱり持って来てと伝えていた携帯灰皿を返してもらい損ねた事に気がつく。結局私は、灰皿を返してもらうつもりなんてなかったのかもしれない。

　十二時頃まで頼んでいた横山さんはリビングで雑誌を読んで待っていた。

「すみません、会食が長引いちゃって」

「あ、大丈夫ですよ。俊くん、今日はサッカーで疲れてたみたいで、九時過ぎには寝ました。夕飯は肉じゃがとほうれん草のおひたし、卵スープです。よく食べました」

薄「そうですか。ありがとうございます。レシートは置いてもらえました？」

「はい、いつものトレーに置いておきました」

「ありがとうございます。明日は夕飯前には帰ります」

軽「分かりました。あの、ちょっとお話ししてもいいですか？」

「何ですか？」

　横山さんは少し言葉に迷うような表情を見せた。五十一歳、二十歳で産んだ長男と二十二で産んだ次男が既に社会人となり、離婚五年目で一人暮らしをしている彼女は、俊の育ての親といっても過言ではないほど、私たち夫婦は頼り切っている。帰国してから五人ほどのシッターを体験し、一番信頼に足り、時間的に融通が利くという理由で横山さんをシッターの派遣会社から引き抜き、専属のシッターになってもらった。

「俊くん、今日私に性的な事を聞いてきたんです」

「何ですか？」

「サッカークラブのお兄ちゃんたちがちょっとそういう感じの、セックスの話とかをしているようで」

「セックス？　あんな子達がそんな話してるんですね」

「セックスって何？　って聞いてきたんです。今日の帰り道。私の息子たちは、確か十一歳くらいだったと思うんですよね、そういう興味を持ち始めたのが。だから、俊くんの歳じゃちょっと早いような気がして。もちろんまだちゃんと意味は理解してないと思うんですけど」

「セックスって何？　って聞けるくらいなら、理解してないでしょうね。一応クラブには報告しておきます。横山さんは、何て答えました？」

「知りませんと言いました。お母さんかお父さんに聞いてみなさい、と」

「そうですか。それで構いません。今後も性的な話が出たら同じように流してください」

「分かりました。でも本人も何となくしちゃいけない話だとは分かっているようだ。」

たので、俊くんには、私から聞いたとは言わないでもらえますか」

「大丈夫です。俊には直接は言及しません」

横山さんを送り出した後、子供部屋で寝ている俊の寝顔を見に行く。ベッドの脇で俊の寝顔を見つめながら、私は彼が自分の息子とは思えないような距離を感じていた。不思議だった。セックスに興味を持っているという話を聞いたからだろうか。それとも、今日私が、十歳年下の甥と寝てきたからだろうか。ポケットの中で震える携帯を手に取る。「弘斗」という名前が浮き出て私はきびすを返すと俊の部屋のドアを後ろ手に閉める。「母さんから連絡あった？　カナさんの家に行くって話が出てるんだけど」。メッセージを見て、ざわついた気持ちのままパソコンに向かう。メールボックスには姉からのメールが届いていて、来週日曜の昼か、その翌日の月曜の夜のどちらかに食事でもしないかという誘いだった。随分とピンポイントだなと思いながら、小さな卓上カレンダーに目をやる。アメリカに行っていた十年間ほとんど連絡も寄越さなかったくせに、日本に帰国して以来、アメリカで培《つちか》ってきた友人関係が一気になくなってしまったせいか、やけに私への連絡が多くなった。気が合わないとはいえ、同じ家族構成、同じ海外帰りで一人息子を持つ姉と情報交換出来るのは有り難く、誘われれば最大限断らないようにしてきたけれど、今回ばかりは戸惑いが先んじた。

「来週の日曜日なら大丈夫だと思うんだけど、まだちょっと未定。弘斗と吉岡さんも一緒？」

私は姉の携帯にそうメッセージを送ると、弘斗に「お姉ちゃんには来週の日曜にって言っておいたけど、弘斗はどうする？」とメッセージを入れた。

「カナさんが嫌なら行かないよ」

私の意志を確認する弘斗に一瞬好感を抱いたけれど、次の瞬間には激しい苛立《いらだ》ちが襲った。「おいでよ」一言入れて携帯をロックした。私は苛立っていた。何にかは分からないけれど、それは日常から逸脱出来ない自分自身への苛立ちだったのかもしれない。こうして酒臭いまま帰宅して、シッターと息子の性への興味について物わかりの良いような顔で話し、何でもない顔で姉と、そして弘斗とメールをしている自分自身への。

弘斗とのセックスは気持ち良い。でも、それは世界を揺るがすようなものではない。私は、甥と不倫しても壊れない世界に苛立っているのかもしれない。そんな事をしたら世界が変わると思っていたのかもしれない。でも世界は壊れなかった。私の世界を変える人や物は、もうこの人生の中には現れないのかもしれない。そう思ったら苛立ちも消えて、プッチ柄みたいな幾何学模様を見つめている時に抱くような、だから何だという虚無的な気持ちになった。

ぷつんと糸が切れたような感覚に襲われて、はっと顔を上げた。うとうとしてしまっていたのに気がついて、パソコンを閉めようとした瞬間メールに気付く。「じゃあ来週の日曜、弘斗と旦那《だんな》も一緒にお邪魔するよ。軽く料理とお酒持ってくね」。姉からのメールを読み終えた瞬間私はパソコンをぱたんと閉じ、洗面所に向かった。コンタクトを外し、アイメイクを落とす。クレンジングをして洗顔を始めた所で物音に気付く。気付かない振りをしたまま顔を洗い続け、タオルで顔を拭《ふ》いているとただいまという言葉と共に洗面所のドアが開いた。

「おかえり」

「遅かったの？」

「十二時くらいかな」

「そっか。お疲れ。たまには少し飲もうかな。カナは？」

「じゃあちょっと。もう結構飲んできたから、ハーフロック一杯だけ」

「マッカラン？」

「うん。12年のやつ」

「じゃあ俺はボウモアにしようかな」

機嫌の良さそうな声で彼は言って、キッチンに向かった。スキンケアを終えて洗面所から出ると、つまみとかある？　と聞かれ、私はナッツとレーズンチョコをプレートに盛った。ソファでスタンバイしていた直哉の前に出すと、乾杯、と彼は待っていたようにグラスを上げた。

「何か、機嫌いいね」

「そうか？　最近仕事が順調だからかな」

「あ、そうだ。来週の日曜って家にいる？　お姉ちゃんがランチでもって言ってるんだけど」

「ああ。多分いるよ。吉岡さんも一緒？」

「うん。多分弘斗も」

「そうか。じゃあケータリングでも取る？」

「うん。軽く取ろうかな」

「イタリアンで良ければ佐々木さんとこに連絡しておくよ」

「ああ、じゃあお願い。六人分目安で、いつもと同じ感じでいいから。お姉ちゃんもお酒と料理持ってくって言ってたけど」

佐々木さんは夫が仕事でケータリングを取る時に贔屓《ひいき》にしている、イタリアンレストランのシェフだ。素材も味も盛りつけも文句なしのクオリティで、店もすぐ近くで温かい内に届けてくれるから、ホームパーティの時は大抵佐々木さんの所に頼んでしまう。ワインラックを眺め、少し買い足しとこうか、と言う彼にそうだねと答える。ウィスキーは冷たさのせいか、意外にごくごくと飲めてしまう。

「直哉は、何歳くらいの頃にセックスって言葉を知った？」

「何だよ急に」

「今日俊がセックスって何？　って横山さんに聞いてきたんだって」

ははと彼は笑って、ませてるなと言う。

「俺は、十歳とか、十一歳くらいじゃなかったかなあ。でも、それがどういう事なのかはっきり知ったのは、多分中学生になってからだと思うな」

「サッカークラブのお兄ちゃんたちが話してたみたい。あのクラブ、俊が日本人の子たちとコミュニケーション取るいい場にもなると思ってたけど、こういう影響があるなんて考えてもみなかった」

「まあ、日本は海外に比べると妙に開けっぴろげな所があるからな。でもほら、あのアパートの二階の部屋、覚えてる？」

彼の言葉に一瞬考えて、ああと笑った。私たちがロンドンで住んでいたアパートと通りを挟んで向かい側のアパートに、いつも朝早くから事に励んでいるカップルだか夫婦だかが住んでいたのだ。仕事の都合とかで夜は出来ないのかもね、と苦笑いしていたのだが、毎日のように窓もシャッターも開け放してするものだから、ある日とうとう近所の住人が警察に通報したらしく、朝一でパトカーがやって来た。それ以降窓を閉めるようになったけれど、通りを歩くとやっぱり声が漏れ聞こえていた。

「あれはすごかったね」

「懐《なつ》かしいな。最近よく思い出すよ。あのアパートに住んでた時の事」

「珍しいね。直哉が昔の事思い出すの」

「言わないけど、たまに思い出す事はあるよ」

そう、と呟いてレーズンチョコを口に入れる。チョコレートの甘みとレーズンの酸味が口の中で混ざり合って、その味の差に僅《わず》かに動揺する。

「戻りたいって思うか？」

私は今日、弘斗に同じ事を聞かれて、思うよと言ったのを思い出しながら、思わないよと答えた。

「今は仕事と俊の事で精一杯だし」

そう、と直哉は呟いてナッツをいくつか口に放った。ウィスキーを飲む彼の後ろには夜景が見える。夫と二人で夜景の見えるマンションでウィスキーを飲む。昔は自分がそんな事をする人間になるとは思わなかった。何故《なぜ》か私には、弘斗とホテルで寝ている事よりも、今こうして直哉とここにいる事の方が不思議に感じられる。ホルマリン漬けの脳みそが見ている夢のように手応《てごた》えのない現実に感じられるのだ。何となくの惰性と、子供への愛情と仕事への熱意で、私は生き延びているような気がする。でも同時に、そんなの世の中のほとんどの人が同じようなものなんじゃないかとも思う。

「そうだ。コルビュジエの本とか、弘斗くんに届けたんだよな？」

「あ、届けたよ。先週の、金曜日かな」

「家まで行ったのか？」

「うん。青山から一本だったから」

「どうだった？」

「一人暮らしなのにちゃんと綺麗《きれい》にしてたし、問題なさそうだったよ」

「へえ。俺が一人暮らし始めた頃はそれはもう乱れてたけどなあ」

「今の若い子って、結構皆いい子みたいだね。いじめとか引きこもりの話は聞くけど、荒れたりグレたりとかっていうのは少なくなったんじゃない？」

「そうとは限らないよ」

「何その言い方？」

「弘斗くん、アメリカでちょっと問題を起こしたらしいんだ。吉岡さんが言ってた」

「何？　それ。聞いてないよ私」

「高校の時、暴力事件起こしたって」

「吉岡さんが言ってたの？　どんな事件？」

「いや、詳しくは話さなかったよ。言いたくないんだろ」

「どうしてそんな大事なこと私に言わないの？」

「そんな、暴力事件たって、友達との小競《こぜ》り合いみたいなもんだろうし。あの子がそんな悪い事するはずないだろ？　何か理由があったんだよ」

「でも理由があったにせよ、うちに来てる時俊と二人で遊んだりもするんだし、どんな事件だったのか聞いておかないと」

「親戚だからって、そこまで個人的な事に踏み込むのはどうかな。向こうから話してくるならまだしも、根掘り葉掘りは聞けないだろ」

　それはそうだけどと呟いて、私は記憶を巡らせる。これまで、彼に性的な攻撃性を感じた事はあっても、それを暴力的と感じた事はなかった。彼が誰かに強烈な憎しみや怒りを抱き、人を殴ったりつかみあげたりした事があるのだ。そう考えただけで、私はこれまで見てきた彼のイメージがばらばらになっていくのを感じた。でもそもそも、捕まってもいいと思って私を犯そうとした時点で、もはや彼の暴力性は明らかであると言ってもいいのだろうか。

「やっぱり、ちょっとした概要だけでも、聞いておきたいかな」

そうか、と彼は呟いて、まあそうかと続けた。私がストーカーに刺された事があるから、そういう事に過敏になっているのだと、直哉は納得したのだろう。そうなのだろうか。ちょっとした暴力事件くらい、人は何とも思わないのだろうか。私は自分のざわつく気持ちが何によるものなのか、自分でもよく分からなかった。まさかあの人が殺人なんて、とよく聞くフレーズが頭に浮かぶ。弘斗がそんな、猟奇的な事件を起こすような人間とは思わない。でも、初めて寝た時に言っていた、カナさんのために生きようと思ったんだ、という言葉が忘れられない。彼は一体何に絶望してあんな事を言ったのだろう。


おはようございまーす、同じ言葉が違う声で何度も繰り返される。ぼうっとしていた頭をくっと上げてぼやけていた視点をしっかりと合わせ、おはようございますの嵐《あらし》に参加する。

「おはようございます」

しっかりとした口調で答えて、惇《じゅん》は微笑《ほほえ》んだ。おはよー、とさっきまで無駄口を叩《たた》いていた美由起が一段と明るい声で言って、惇はそれにもおはようございます、とよく躾《しつ》けられた犬のような態度で微笑んだ。

「少し休む？」

「もう始めていいよ。入り時間、少し過ぎてるでしょ？」

惇はそう言ってジャケットを脱ぎ、椅子《いす》に座った。美由起が惇の肩にタオルをかけ、前髪をクリップで留めていく。この間開拓したという三軒茶屋のラーメン屋の話で盛り上がっている二人をぼんやりと横目で見やりつつ、私はラックにかけてある衣装の最終チェックをしていく。

「カナ？」

振り返って、鏡越しに惇を見る。

「何か元気ない？」

「別に」

眉を上げて言うと、彼は「カナに何があったのか知ってる？」と美由起に聞いた。何もないよと笑って鏡越しに肩をすくめてみせる。いや、何かあったな、としつこい惇に、美由起も笑う。簡単なベースメイクだけでメイクを終えた彼は、じゃあ衣装選ぼうかと言ってポールハンガーの前に来た。あ、これがいいな。十着ほどの組み合わせの中から惇が一瞬で選んだのはアレキサンダー・ワンの服で、似合うと思う、と私は同調した。一回着ていい？　と言う惇にうんと答え、入り口の方に置かれていたキャスター付きの全身鏡を引いて来ると、着替えますんで一度出てください、と控え室に残る美由起や惇のマネージャー、宣伝部の人たちに声を掛けた。はーい、と次から次へと声が上がり人がどんどん消えていく。バタンとドアが閉まると控え室は途端に静かになる。廊下に面した壁は曇りガラスになっていて、何となく心もとないけれど、惇は恥ずかしがる様子もなく服を脱いでいく。

「俺には話してよ。何があったの？」

「言えたら苦労してないかな」

「何？　男？」

ズボンだけの姿で惇は私を覗き込んでそう聞いた。惇の声は、人をドラマや映画の中にいるような気持ちにさせる。俳優と呼ばれる人たちは、本当にそういう才能があるんだと、惇と一緒にいるとよく思う。自分は仕事相手には幻想を抱かないタイプの人間だと思っていたけれど、その身一つで人を惹き付けるという事が如何《いか》にすごい事であるか、最近よく実感する。周囲を自分自身に惹き付ける力。そういうもので評価される彼らの職業は、ここまで身近でありながら完全に未知の世界だ。クリエイターのように何かを作るのではなく、私のように何かを選び取り誰かに提案するのでもなく、ただその体一つで何かになる。スタイリストやヘアメイクも彼らの仕事の手伝いをするが、惇を見ていると、私たちのしている事はちょっとした小細工でしかないのだという気持ちにさせられる。

「ごめん、ちょっと皺伸ばししていい？」

　ミニアイロンのコンセントを入れ、スチームブラシをセットする。

「ほんとに？」

　覗き込む惇に、それに類する事、と呟く。じっと考えるような顔をして、惇は黙りたままでいた。ぷしゅっ、とスチームを何度か噴射させると、私はハンガーにかかったままのシャツにアイロンを滑らせていく。

「初めてだね。カナが恋愛の話をするのは」

「まだ何も話してないよ」

　笑って言うと、そっか、と惇も笑った。惇の担当を始めて三年になる。事務所所属のスタイリストだった頃から、同じ事務所でモデルとして働いていた惇の担当をしていた。私がフリーになった頃に惇も事務所を移籍して俳優業に手を伸ばし始め、気付けばこうして、少女漫画原作の恋愛映画の主役を演じるほどになっていた。この映画の仕事が来たと惇から聞いた時は、惇が少女漫画の主役？　と笑ったけれど、一ヶ月前に試写会で見た惇は、きちんと役になりきっていた。惇は誰にでも人懐こくて、いつも調子が良くて、業界の女たちに好き放題手を出す程度の素朴さがありながら、映画の中では完璧な、一途《いちず》な俺様系の男を演じていた。

「その人ともうしたの？」

　黙ったまま皺を伸ばしたシャツを惇に着させ、袖口《そでぐち》のボタンを嵌《は》めながら惇を見上げる。何か気の利いた冗談を言おうと思うものの、言葉が出てこなかった。諦《あきら》めて口を一文字に閉じ、視点が合わなくなった目でぼんやりと白いシャツを見つめていると、反省会だな、と惇は笑って言った。止《や》めてよと呟いて、もう片方の袖のボタンを嵌める。いいね、これにする、と鏡を一瞥《いちべつ》して惇が言う。細かく文句をつける人も困るけれど、惇のように無頓着だとそれはそれでつまらない。

「今日終わったら美由起と飲み行こう」

「今日これで上がりなの？」

「この後一件打ち合わせして上がり」

そっかと呟く。私はどこかで、惇と話したいと思っていた。三年前、日本に帰国して気がついたのは、私は日本に友達がいないという事だった。在英中はちょくちょく近所の知り合いや服飾学校時代の友人とピクニックや食事に行ったりしていたけれど、帰国して以来、仕事以外のシチュエーションで人と喋《しゃべ》る機会がぐっと減った。日本に於《お》いて、社会人になった後の友達というのは難しい存在だ。仕事で知り合った人は親しくなっても利害関係が生じるため個人的な付き合いは持ちにくいし、近所の顔見知りは挨拶《あいさつ》以上の関係にはなり得ないし、ママ友付き合いは仕事があって参加出来ない。そんな中で惇と美由起の二人は、学生時代の友人と同じような距離感で話す事が出来る、希少な存在だった。

「たまには何かつける？」

「アクセサリー？」

「うん。一応シンプルなものだけ持ってきたけど」

「いいよ。つけさせられてる感出るから」

「はいはい。私の存在無意味ね」

「そんな事ないよカナがいなかったら俺人前に出れないよ？　見た？　さっきの俺の服」

最近の惇はそこまでひどくないよと笑いながら、ドアを開けてお待たせしました、と声をかけると、すぐに人が舞い戻って来る。マネージャーと話しながら携帯を片手にちらちらとこちらを見ている惇に、何かと思っていたら私と美由起の携帯が同時に鳴った。「今日は恵比寿《えびす》の粋でカナの話聞き隊！」美由起と私と惇の三人で登録したグループページだった。私はSNSを閉じると、「今日は遅くなるので良かったら客間のベッドで寝ていてください」と横山さんにメールを入れた。

記者会見場と同じフロアーにある控え室に入ると、一気に業界の濃度が濃くなる。見る人が見れば煌《きら》びやかな世界に見えるだろうが、業界を生業《なりわい》にしている内に、その世界がどれだけどす黒く、人を卑《いや》しくさせていくものか分かるようになる。主人公役の二十歳のアイドル女優は、この一年で豹変《ひょうへん》した。一年前撮影現場で目にした時は腰の低い可愛《かわい》らしい女の子だったのに、先月初号試写で見た時には横暴で勘違いした馬鹿《ばか》女に成り下がっていた。その変わり様は、嫌悪感《けんおかん》を抱いたり呆《あき》れたりするという以上に、恐怖を抱かせるものだった。人は環境によってこんなにも簡単に、呆気《あっけ》なく変わってしまうのだと。人が真っ当である事の脆《もろ》さを痛感するのだ。彼女は、今年に入ってから出演したドラマで好視聴率を叩き出し、CM契約の数もどっと増えた。きっと彼女自身が戸惑うほど、環境が激変したに違いない。彼女の変化は、自分自身を守るための変化でもあったのだろう。惇はモデル上がりで遅咲きだったから、そういう勘違いをしないのだろうか。あるいは、小中高と目指して来たサッカー選手という夢を怪我《けが》で断念した経験が、俳優としての成功が彼に充実感をもたらさない原因となっているのだろうか。映画俳優などではたまにこういうマイペースな人もいるけれど、彼ほど、世間での立ち位置や評価と、人格が比例しない人間は珍しい。でも、評価されても人気が出ても、収入が増えても、全く変わらない彼にはむしろ不能感を感じる。賞を取ると嬉《うれ》しいし、お金が稼げるのも嬉しいよ、でもそんな理由で人は自信を持ったり出来ないよ。彼は以前そう話していた。じゃあ惇は何によって自信を手に入れるのかと私が聞くと、もうサッカーは出来ないって知った時に、自信とかそういうのはもういいやって思ったんだ。俺は求められる事に応えるだけだよ、と彼は答えた。私はその、欲望に支配されない彼の在り方が好きになった。頭がいいとは言えないけれど、惇はどんな世界をも伸びやかに生きる力を持っている。ストーカーや海外生活に翻弄《ほんろう》され、無様に生きてきた私とは違う。彼には類《たぐい》まれな、子供のような柔軟さがある。

前に彼の写真集を撮ったカメラマンが言っていた。惇は必ず自分の求めるものに応えてくれる。でもこっちが求めている以上のものは絶対返さない。彼は不満そうにそう話していたけれど、求められるものを返せるなんてすごいじゃないかと、その時の私は思った。でも、彼が俳優として活躍するようになり、露出が増えていくにしたがって、その時のカメラマンの言葉はゆっくりと腑《ふ》に落ち、私にも納得出来るようになっていった。

ヒロイン役のアイドル女優は、惇が控え室に入った時には笑顔でおはようございますと一言放ったものの、それから監督とプロデューサーが入室するまで携帯から一ミリも目を逸らさなかった。惇のライバル役を演じた若手俳優も、惇におはようございますと声を掛けてからはずっとマネージャーと親友役の男の子と話していた。若い子たちと仕事するのは大変だよ、と惇は私の耳元で言ってから椅子に座った。前に聞いた事がある。女よりも、男の方が嫉妬《しっと》深い、並べられるのを激しく嫌がる、と。芸能界にいる女は自分が商品として消費され尽くす末路も、それによって得るものも失うものも熟知している。でも、男はまだ自分が商品として消費されていく事に抵抗感を抱いている。今や、人気俳優のヌードが女性誌の巻頭特集に掲載されるようになったけれど、女性の性欲を満たすような仕事に、男が抵抗感を抱くのはよく分かる。十代の女の子たちが自ら志願して水着になり谷間を作ってグラビアに載るように、十代の男の子たちが水着姿になって扇情的なポーズを取れるかと言えば、出来る男の子は少ないだろう。女は既に消費され尽くした。AV女優としてもホステスとしてもグラビアアイドルとしても、アイドルとしても、どのジャンルに於いても完膚なきまでに消費され尽くした。芸能界に憧《あこが》れる女の子たちはほいほい水着になるし、むしろ美人よりもちょっとブスくらいの方がいいという倒錯も起きるほどだ。AVは大量に作られては消費され、今や出演料も企画ものだと援助交際と変わらない値段だという。昔は伝説的なAV女優がいたというが、今の時代そんなものは存在し得ない。どこまで過激なプレイをしようが、話題にすらならない。女は既に、最後のプライドも恥も捨て、新たなるステージに立っているのだ。

男の方が嫉妬深い、と話した芸能事務所の女社長はこう続けた。「男は自分の特別性を信じられないと駄目なのよ」。若手俳優たちのぎすぎすしたやり取りを何度か目にした事のあった私は何となく納得した。でも惇は違った。彼は消費され尽くされる事に何の抵抗も感じていない。むしろ、消費される事に前向きでもある。彼の潔《いさぎよ》さはどこか、女性的で、現代的だ。

記者会見は、滞りなく終わった。くだらないマスコミの質問、くだらない俳優陣の答え、くだらない司会者の振り、くだらないもので埋め尽くされた会見場は、それでも巨大な市場として機能していた。明日のスポーツ紙やワイドショーには今日の記者会見の写真や映像が流れるだろう。最後の写真撮影で、リオちゃんの肩を抱いてもらえますか？　とマスコミに声を掛けられ、惇はヒロインの女の子に手を回した。皆がにこやかで、和やかだった。控え室とは全く違う空気、雰囲気で、監督の言う冗談やからかいに、俳優陣が笑って突っ込みを入れる。強烈なフラッシュの中、どこからどう撮られても美しく写るように皆が美しく微笑み、美しく足を揃《そろ》える。これがプロだ。私は痛感する。会見や、インタビューの時でも、彼らは自分の名前のついた商品を演じている。美しくある事、役を演じる事、そして自分という商品を演じる事が、彼らの仕事なのだ。降壇する彼らに拍手が送られ、私もゆっくりと手を叩く。卑しく汚い世界だと思う反面、その中で美貌《びぼう》を保ち自らに与えられた仕事を淡々とこなす彼らに、私はいつも敬意を抱かずにはいられない。

乾杯、と声を上げて三つのグラスをぶつける。記者会見の後打ち合わせのあった惇を置いて美由起と二人で先に到着していたため、美由起と私はもう三杯目だった。

「久しぶりだね。この面子《メンツ》で集まるの」

「二ヶ月ぶりくらい？　二ヶ月の間に色々あったよ。彼氏とは別れたし」

「ああ、そういや美由起騒いでたよな。結局別れたんだ」

「もういい加減、愛想も尽きに尽きたよ」

美由起はそう言って鶉《うずら》の卵とベーコンの串《くし》焼きにかぶりついた。

「で、カナの話聞いた？」

「まだ。惇が来るまで待ってたんだよ。ていうか何なの？　カナ何したの？」

男関係みたいだね、と言う惇に美由起は一瞬きょとんとして、何？　不倫？　と私を覗き込む。美由起はショートカットの金髪に、真っ白な肌をしている。ハーフやクォーターと言われても信じてしまうほど色素の薄い彼女の金髪は、地毛かと思うほど滑らかに潤《うるお》っている。妖精《ようせい》のようなという言葉が似合う人だ。もう少し背が高くて髪が長かったら、エルフのようなという言葉が似合うだろう。不倫か、と呟くとその言葉への違和感がどっと増した。

「他人事《ひとごと》みたいな言い方だな。俺はでも、カナはいつかそういう事するだろうなって思ってたよ」

「何で？」

「カナには一般的な倫理観がないし、どっか破滅衝動があるんじゃないかなって、俺は思ってたけど」

「破滅衝動？」

「でも破滅した感じ、しないね」

しないね、と美由起が同調し、してないね、と私も同調する。

「ドラマとかだったら、快楽と罪の意識の狭間《はざま》で盛り上がるシチュエーションなんだろうなって、頭では思うんだけど、喜びも罪悪感もそんなに感じなくて、セックスは物理的に気持ちいいけど、心は反応してないっていうか」

「だからカナは不感症なんだよ。体は感じても、心が感じない。これって女では珍しいタイプの不感症だよね」

美由起の適当な言葉で適当なレッテルを貼《は》られる事に、逆に安堵《あんど》する。私はその辺りの事を、突っ込んで話したくないのだ。

「心の感度も体の感度も、自分の意志で上げられるものじゃないからね」

私の言葉に美由起は首を傾《かし》げ、口をへの字に歪めた。

「カナってさ、何か気持ちが盛り上がるものってないの？　例えばすごく好きな音楽聞いたり、刺激的な映画見たり、こうやって飲んでたりして、気持ちがわーっと高揚していく事とか」

「もちろんあるよ。しょっちゅうではないけど」

「別にそんな、たくさんのものに感動する必要はないよ」

惇がフォローするような言い方をしたのは、きっと私がストーカーに刺されて以来、あまり気持ちが高揚する事がなくなったと話した事があるからだろう。共通の知り合いのホームパーティで、明け方まで惇と二人で話していた時、酔っぱらった勢いで私は惇にそんな話をした。惇がサッカー選手になる夢を諦めた時の話をしたから、自分も過去の事を語ってしまったのだ。その時、私の中で、ずっと惇に対して感じてきた虚無的なものへの合点がいった。きっと、私が夫と結婚して子供を産んで仕事もして、何不自由ない生活を送っているにも拘《かかわ》らず全く充実感がないのと同じように、今の仕事でどれだけ認められ、お金を稼いでも、惇も同じように満たされないのだろう。

「惇は、日常的にどんなものに感動する？」

「うーん、まあオリンピックとか、もちろんサッカーでも感動するし、将棋の対局とか、ロボット選手権とか、鳥人間コンテストとかでも、人が何かを一生懸命やってる姿には大体感動するよ。カナも例えば、子供と一緒にいたり、映画を見たり、美味《おい》しいもの食べたり、そういう事で感動したりはするんでしょ？」

「そりゃするよ。面白いものは面白いし、楽しい時もあるし。でも瞬間的な感情の動きはあっても、それ以上に心に触れてくるものがないっていうか、生活そのものが退屈しのぎって感じがしちゃうんだよね」

「そんな風に言われるとさ、私だってそんなもんだよ。楽しい事とか面白い事の積み重ねなんじゃない？　人生なんて」

美由起の言葉に頷きながら、私は何となく不気味さを感じる。楽しい事と面白い事の積み重ねで人生が出来上がり、その総称が退屈しのぎだとしたら、人の生きる意味などもはや存在しないのではないだろうか。

「カナはさ、そういう感じになるきっかけってあったの？　そういう、心が起動しなくなるきっかけっていうか」

あのホームパーティの時、ソファで先に眠りこけていた美由起は私のストーカーの話を聞いていない。私自身、当時はあの事件をさして大きなものとして捉えてはいなかった。どこかで忘れかけてさえいたのだ。でも惇の話に応えられる話をと考えた時、あの時の事が思い浮かんだ。美由起が起きていたとしたら、私はその話をしなかっただろう。水色に明るみ始めた外からの光に照らされながら二人で飲み続け、何故か私はすらすらと、物語を朗読するようにその話を語っていた。

「まあ、私は元々、けっこう冷めてる方だったから」

子供の頃からディズニーランドに行ってもミッキーとか素通りする子で、親がすごく残念がってたんだよね、と適当な話をすると、俺は小学生の時初めてディズニーランド行って、ミッキー見たら何か嬉しくなっちゃって飛び蹴《げ》りしちゃってさあ、と惇が被《かぶ》せた。何それ意味分かんないと笑う美由起と私は、バイトの女の子が持って来たハツとカシラの串に同時に手を伸ばす。おかわりください、と惇がジョッキを持ち上げて言うと、はいっ、と彼女は元気な声を上げた。目がキラキラしている。きっと惇に気付いているんだろう。彼女が失礼します、とテンションの高い声を出し障子を閉めると、やっぱ人気俳優は違うねー、と美由起がにやついて言う。

「最近一気に顔がばれるようになったよ」

「そうだよね。去年はまだ、一緒にいて女の子が湧《わ》いてくる感じなかったもんね」

「やっぱあの朝ドラ？」

私が言うと、惇は苦笑した。あれがウケたから最近事務所がああいう強気なキャラばっかとってきてもう飽き飽きしてるんだよ、と惇は肩をすくめる。

「でもさ、惇がこのまま、流れにのってどんどん売れていったら、その果てって何なのかな？」

果てって何よ？　と美由起が怪訝《けげん》そうに聞く。

「人気者になって、オファー増えて、どんどん女の子のファンが増えていって、収入もうなぎ上り、で、その果てには何があるのかなって」

「果てなんてないよ。流れる川みたいな感じでしか生きていけないんじゃないかな。これで成功とか、これでおしまいとか、そんな風に言えるもんじゃない。ここで一段落って事はあるかもしれないけど」

「その流れる川みたいな感じが、何か最近こたえるんだよね。目標も目的も希望もなくて、ただ観測的に、こうなるんだろうなーって気がしてて、実際にそうなっていくだけの人生って感じがして」

ため息まじりに言って、私はグラスを持ち上げる。夫や子供や仕事相手には、すっきりした顔で、私には何の迷いもありませんという顔をして生きている。その方が楽だからだ。夫に話して、その迷いや辛《つら》さの元を探られるのも嫌だし、分析されるのも嫌だ。夫に対して、私は強烈な尊敬と同時に解《げ》せない思いを抱いている。夫は素敵な男性だ。四十五という年齢が信じられないほど爽《さわ》やかで、全く嫌味のない人間だ。完《かん》璧《ぺき》だけれど遊び心も忘れない、笑顔が素敵でセンスも良く、文句のつけようのない男だ。人並み以上に金も稼ぎ、人の話も真剣に聞く。子供にも真剣に向き合う。仕事にも遊びにも人付き合いにも全力で挑む、千人の女性がいれば九百五十人以上の人が合格点を出すだろう。でもその彼の点数の高さ故《ゆえ》に、私はこの何となく蝕《むしば》まれていくような辛さを吐露出来ないのかもしれない。彼がここまで築き上げてきた写真屋に飾られた家族写真のようなぶれのない家庭の調和を乱す原因となり得る病理を、私は彼に提示できない。何となく憂鬱《ゆううつ》、何となく気力がない、などの何となくでしかない辛さは、零か百か億かというさっぱりした世界に生きている彼には、全くリアリティのない暇人の愚痴にしか聞こえないのではないだろうか。仕事が忙しい時期に寝付きが悪くなり、少し酒量が増えただけで、アル中じゃないのかセミナーに行った方がいいんじゃないかと彼は言いだしたのだ。

「カナは、そういう閉塞感《へいそくかん》のせいで不倫したんじゃないの？」

あ、話が戻った、と美由起が笑って、惇って案外しつこいよね、と続けた。お待たせしましたー、とジョッキがやって来て、私と美由起は焼酎《しょうちゅう》のロックを注文した。

「別にそういう訳じゃないよ。何が嫌でとか、そういうんじゃない。でも、改めて冷静に考えると、その何も変わらなさに驚くっていうか」

「盛り上がらなかったの？」

「大して罪悪感もないし、会いたくて仕方ないとか、そういう感じもない。いつもと変わらない日常の中に、ただその人がすっと入り込んだだけって感じ。あと相手が結構年下で、シビアな状況でもあって」

年下？　惇と美由起が同時に声を上げる。

「結構年下って何歳よ？」

「二十歳くらい？」

　どうして寝ようと思ったのその人と？　と美由起が声を上げる。

「だってカナ、年下とか苦手なタイプだよね？　何？　モデルとか？　仕事関係だよね？」

「相手についてはこれ以上話すつもりないよ。とにかく、ばれたらお互いに失う物が大き過ぎるし、これから先の展開はとても考えられないような状況だから」

　えーここまで話しといて、と美由起がごねるように言いながら、やってきた焼酎のグラスからごくごくと数口飲む。なんか美由起ペース早くない？　と肩をつつくと、私も話したい事があってさ、と美由起は爽やかな笑顔を見せる。この雰囲気は美由起も最近誰かとヤッたな？　と惇が嬉しそうに言う。

「二人ともお盛んだなー」

「私は不倫でもなければ相手は男でもないよ」

「次は女？」

「うん。でもその子、つい最近まで私の元カノと付き合ってて、ていうか、元カノから略奪みたいな形になっちゃって。元カノが私の事、女と付き合うと男が良くなって、男と付き合うと女が良くなる欲求不満女だみたいな事吹き込んでて、その子も意志薄弱な感じでどっちにいきたいんだかふらふらしてて、二人して小娘に振り回されてる感じ」

「え、美由起は彼女が元カノと付き合ってるって事知ってて手出したの？」

思わず口を出すと、美由起はまあ狭い世界だからねとあっさり言う。

「可愛い？」

めっちゃ可愛いの、と美由起は惇に振り向いて顔をほころばせる。

「何？　タレントとか？」

「ううん。美容師。代官山だから、結構こっから近い所」

「そういう意志薄弱系のふらついた可愛い女の子がこの辺の美容室で働いてるなんて、心配で仕方なくないか？」

美由起はそうなんだよねえと顔を歪《ゆが》ませた。

「ほんとなんていうか自分がないっていうか、その場の空気で流れて流れていっちゃう方で、ほんと心配。まだ若いから好奇心も旺盛《おうせい》だし」

「美由起ってさ、女の子と付き合ってる時は男の思考になるよね」

「そう？　意識はしてないんだけど。ていうか、一応まだ付き合ってはいないんだけどね。とりあえずまだ過渡期かな」

「ま、もうほぼ確定なんだろ？」

「まあね。でもさ、さっきカナが言ってた、流れる川みたいなのがこたえるって感じ、何となく今だから分かる所があって。ほら、私たち日本じゃ結婚出来ない訳じゃない？　あの馬鹿男と付き合ってた時は、ちょっと血迷って結婚しよっかなーなんて思ったりもしたけど、二十代の頃は、女の子と付き合ってる時って、結婚の概念に囚《とら》われなくて楽だなーと思ってたんだけど、最近ちょっと、その先の見えなさっていうか、何をもってしてもどこにも辿《たど》り着けないみたいな事が、ちょっと胸に来る時があるっていうか」

「先の見えない恋愛に、足を踏み入れたわけだね二人は」

惇の言葉に二人で苦笑する。

「惇は？　あのグラドルの子はどうなったの？」

「ちょっと今は距離を置いてるんだ。しばらくは決まった子はもういいかなって」

「いつも同じ事言ってんじゃんほんと惇って最低だな」

きゃっきゃと恋愛の話、仕事の話をして、定期的に焼き鳥をつまみつつ誰が何を何杯飲んだか分からなくなり始めた頃、あ、彼女だ、と美由起が嬉しそうに震える携帯を持って個室を出た。

「色気付いてるねえ」

「美由起は、女と付き合ってる時の方が満たされてる感じがするね」

「ねえカナ」

「うん？」

「分かっちゃったよ。カナの相手」

「私の相手？」

「うん。分かった」

そっかと呟《つぶや》いて、少し氷で薄まった焼酎を大きく一口飲み込む。

「彼は？　どうしたいって言ってるの？　これから」

「私と海外に行きたいって言ってる。大学も辞めて、私と海外に住みたいって。何か、色々突っ込みどころが多くて笑っちゃうよね」

「でもさ、彼にとって結婚は無理っていう状況の中で、究極の一緒になる、って事が二人で海外に暮らす事だったんじゃない？」

「私が夫と子供と仕事を捨てればね。でも私が仕事を捨てたら、無職になった私と彼が海外でどうやって生きてくの？　無職じゃビザも取れないよ」

「もちろんそうだけど、そういう現実的な障害を排除した所での彼の正直な気持ちなんじゃないか？　一緒に海外で暮らしたいっていうのは」

そうなのかなと呟いて、焼酎を一口飲み込む。一つだけ残っていたネギマのネギを食べようかどうか迷って、やっぱり串から手を離す。

「愛って、狂気だと思わない？」

薄

狂気？　とジョッキから視線を上げた惇から目を逸《そ》らし、私はグラスに視線を落とす。

「相手のためなら死んでもいいとか、相手のためなら人も殺せるとか、そんな風に思うって、狂気だと思う」

軽

「普通の恋愛は、そこまでいかないんじゃないか？」

「でも例えば、相手の事が好きで、相手の事が実際よりも綺麗に見えたり、好きだから欠点も許しちゃえたり、絶対嘘《うそ》って分かってるのに相手の言ってる事信じちゃったりとか、そういうのもある意味狂気じゃない？　だって、正常な判断が出来てないって事でしょ？」

「まあ、ある意味そうかもしれないけど……」

「そういうの、嫌なの。正常な判断力がない人と、まともに付き合えないよ」

「若い頃の相手がストーカーになったから？」

惇の顔を見上げて、一瞬考えた後に何度か頷く。私だって、あの頃は狂っていた。相手のために死ぬ事も殺す事も出来ると信じていたし、実際に出来ただろう。

「ストーカーに刺されてから、カナは狂気を徹底的に排除して生きてきた。愛情とかで判断が鈍るような男とは正反対の男と結婚した。でも、今回の彼は違ったんだね」

「自分の中にも、自分の人生の中にもそういう邪悪なものが入り込まないように、無意識的に避けてたんだと思う」

「でも愛情って、多かれ少なかれそういうものなんじゃないか？　頭がおかしくなって正常な判断が出来なくなる。カナ、前にレ・ロワイヨのパーティに直哉さんと来てただろ？　俺あの時初めて直哉さんの事見て、この人カナとよくやってけるなって思ったんだよ」

「どういう事？」

「カナってさ、直哉さんに甘えたりしないだろ？　甘えないし、甘えさせない。相手を特別扱いしないし、特別扱いさせない。オアシス的な要素がゼロなんだよ」

「私は彼に甘える必要はないし、向こうもないと思うけど」

「皆さ、好きな人にとってのオンリーワンでありたいわけだよ。恋愛って、そういう事だよ。好きな人には自分だけを愛して欲しい、自分だけを求めて欲しい、自分だけに優しくして欲しい訳じゃん。誰にでも優しいのも問題だけど、カナみたいに誰にでも同じ基準を採用して他人に厳しく関わる人って、相手からしたらすごく辛いと思うよ」

「でも、夫だから甘えていいとか特別扱いされたいなんて思わないよ。そんなの不誠実じゃない？」

「誠実な恋愛なんてないよ。訳の分からない感情を抱くのが恋愛なんだから。カナは直哉さんと知り合ってすぐちゃちゃっと結婚しちゃったからあれだけど、直哉さんと出会ってなかったら、カナは未《いま》だに独身で、恋愛不適合者とか言われてただろうね」

「既婚の恋愛不適合者なのに、どうして不倫なんて始めたのか、自分でもよく分からない」

「本当は狂気を求めてるんじゃない？」

やめてよそういう、一昔前のB級恋愛映画みたいなの。と呟き、ようやく残っていたネギにかぶりつく。中の方がいい具合に半生で、しゃきっとした感触と程よい辛みが口の中に広がる。理性が支配する、整理された空間が好きだ。理性を失うのも、失われるのも怖い。ぐちゃぐちゃに物の広がったデスクなんかを見てもぞっとする。頭の中の混沌《こんとん》がそのままデスクに表れているような気がして、そういうデスクを使っている人を見るとその人自身に苦手意識を持ってしまう。

「彼、十九歳だっけ？」

「どうして分かったの？」

「カナ、前にすごく自慢げに話してたよ。格好良くて、勉強もできて、本当に最高の男になったって。帰国したばっかりの時、十八歳って言ってたから」

「でも、それだけで分かるってすごくない？」

「すごく嬉しそうだったんだ。何か甥《おい》について話してるってより、最近いい感じになってる男について話してるみたいな感じがしたからさ」

甥という言葉が出た瞬間、体に緊張が走った。

「大丈夫。誰にも言わないよ」

「もしどっかに暴露したら、あんたがこれまで弄《もてあそ》んで来た女優とかタレントたちの話全部暴露するからね」

「間違いなく俳優人生壊滅だな」

私たちは笑って、同時にグラスを持ち上げると、同時に焼酎とビールを飲み込んだ。

私たちは、きっとお互いに全《すべ》てを暴露されたらやっていかれないという弱みを握り合っているから、ここまで大っぴらに何でも話せるのだ。美由起が寝てきた人妻やレズの女優たち、惇がとっかえひっかえしてきたアイドルや女優たち、私はこれまでも二人の話を聞き続けてきた。私だけ、何の罪も犯していなかった。二人は安心したかもしれない。私の罪がようやく表出された事で、自分たちの秘密も安泰だと、安心したかもしれない。秘密を共有した私たちは、どこか開放的だった。浮気の心配されちゃったー、と嬉しそうな美由起が戻って来ると、私たちはいっそうペースを上げて飲み続け、午前三時、美由起が酩酊《めいてい》し始めたのを機に解散した。

一人タクシーに乗って携帯を光らせると、メールが数件とメッセージが数件届いていた。そのどちらにも弘斗の名前がない事を確認して、安堵を感じている自分に気付く。私は、一体彼との関係をどうしたいと思っているのだろう。私は結局、美由起の彼女と同じで、意志薄弱でふらついて、どこにも辿り着けないままでいるだけなのではないだろうか。私は、このまま夫と子供とずっと安定した家庭を保ち続けたいのだろうか。それとも全てを破壊して、全てを喪失したいのだろうか。どっちも嫌だ。私は、安定した家庭を保ち続けながら、たまに弘斗とセックスをしていたいのだ。自分の欲望の正体が分かってしまうと、その身も蓋《ふた》もなさに惚《ほう》けてしまう。確かに、夫とのセックスは月に一度か二度で、単調なものだ。でも、私は本当に弘斗にセックス以外何も求めていないのだろうか。そんな事があり得るだろうか。タクシーの窓の外をじっと見つめる。ぽつぽつと、細い雨が窓に降り掛かる。次第に不明瞭《ふめいりょう》になっていく風景から目を逸らし、大きく息を吐く。信号待ちの暗い車内に響くチッカ、チッカというウインカーの音に混じって、バイブ音が鳴る。さっき、名前がない事に安心していたにも拘らず、弘斗じゃないかと胸が痛くなるような感覚に驚きながら手に取ると、惇からだった。「なんかあったらいつでも呼び出してよ」。ありがとと一言入れると、一瞬悩んだ後に惇のメッセージを消去して携帯をバッグに突っ込んだ。ぱつぱつぱつぱつぱつぱつ、と車上に降る雨の音がどんどん大きくなっていった。窓を閉めていても車内に雨の匂《にお》いが漂ってくる。私はこの、咽《む》せるような雨の匂いが嫌いだ。

こんにちは、いらっしゃい。姉夫婦と弘斗は、約束の時間から十分を過ぎた頃やって来た。直哉もリビングから出て来て、茜《あかね》さん久しぶり、と笑顔で言った。直哉さん久しぶり、そっか前回は直哉さんは居なかったのよね、と姉がスリッパを履きながら言う。そうだった。三ヶ月、いや、四ヶ月前だろうか。前に食事会をした時、直哉は仕事で参加しなかったのだ。

「佐々木さんの所のケータリングとってくれるって聞いたから、デパ地下で軽くだけ買ってきたわ。あ、フェラーリもあるわよ。カナ好きだったわよね？」

「フェラーリ？　大好き。今冷蔵庫で一本シャンパン冷やしてるけど、冷えてる？」

「一応。でも持って来る間にちょっと温くなったかしら。ちょっと揺らしちゃったし、最初はそっちにしようか？」

うん、と微笑み、いらっしゃい、と弘斗に向かって微笑むと、弘斗は唇の両端を上げて久しぶり、と言った。彼に見つめられると、落ち着かなかった。今にも彼が、その穏やかな微笑みを浮かべたまま、一瞬にして全てを暴露するんじゃないかという気がした。姉と吉岡さん、直哉がぞろぞろとリビングに入って行くと、靴を脱いでスリッパに履き替えた弘斗が、お邪魔しますと言って一瞬後ろから私の腰に手を当てた。かっと顔が熱くなって、私はここに弘斗を呼んだ事を後悔する。何か一言忠告しようかと思いつつ、玄関から上がった彼を見上げると私はヒール無しで見る彼の背の高さに圧倒される。

「まだ伸びてる？」

「もう伸びてないんじゃないかな」

苦笑して言う弘斗の頭上に向かって手を伸ばす。

「カナさんは、背の高い男が好きなの？」

「どうして？」

「よく身長の話してるから」

「そうかも。考えてみれば、背の低い人と付き合った事ないや」

「背が高くなって良かったよ」

「そういう事言わないで」

困惑を浮かべて言うと、弘斗はいたずらっぽく笑った。固い表情を歪めて微笑み、行こ、とリビングを指差す。

「コルビュジエの本、すごく良かったよ」

突然手首を摑《つか》んだ彼に戸惑って、私はゆっくりと拒否の意志ではない事を示しつつ、意志を表明するようにしっかりとした動作で自分の手を抜き取る。

「そう？　あれ、直哉のだから、直哉に言ったら喜ぶと思うよ」

「カナさんは、好きな建築家とかいないの？」

どうしてこんな所でそんな話を今するのか、その本を弘斗の家に持って行った日に初めてセックスをしたのだ。嫌でも記憶が蘇《よみがえ》る。

「私は建築には疎《うと》くて。直哉は結構詳しいから、色々話したらいいと思うよ」

「カナさん」

「リビング行こ。こんなとこじゃあれだから」

困ったように弘斗を見上げると、弘斗はちょっとだけ待ってと小さい声で言った。え？ と小さい声で聞き返すと、その瞬間突然リビングと廊下を区切るドアから大きな破裂音が連続してパンパンパンと聞こえ、私はびくんと体を縮める。

「誕生日おめでとう！」

痛くなるほど心臓がばくばくしていた。姉と吉岡さんと直哉ととんがり帽子を被った俊が、笑顔でクラッカーを持ったまま手を叩いている。ママ驚いた？ 驚いた？ と俊が駆け寄ってくる。私は、生きた心地がしないまま、驚いたよ、とまだきちんと表情を作れないまま強《こわ》ばった顔で言う。

「え、今日、そのため？」

半ば息が上がったように言うと、そうよー去年は実現しなかったから今年は絶対って思ってたの、と姉が嬉しそうに言った。

「大丈夫？」

直哉が少し心配そうに近づいて来て、私は開いた両手を直哉に向け「大丈夫大丈夫」と微笑む。

「びっくり……。ほんと、誕生日もすっかり忘れてて」

「あれ、本当は？　明日？　明後日《あさって》？」

吉岡さんに聞かれて初めて、今日が自分の本当の誕生日でない事に気付く。とにかく全ての事に戸惑っていた。

「明後日です」

　直哉が言うと、そうだっけ、と私は情けない笑みで言う。

「ごめんね。驚いた？」

　申し訳なさそうに弘斗が言うと、「弘斗に玄関で引き止めておいてって頼んでたのよ」と姉が続けた。そっか、と笑って弘斗と姉を見比べながら、私は鼓動が少しずつ収まっていくのを感じた。私は、弘斗との会話を姉や直哉に聞かれていたのではないかと、一瞬の内に激しく動揺したのだ。大きく深呼吸をすると、よしっ、じゃあ私の誕生祝いなんだから飲むよ、と声を出して、行こ行こと皆をリビングに先導した。リビングの窓にはさっきまではなかったハッピーバースデーのバナーが吊《つ》るされていて、私は自分の笑みが凍り付いて行くのが分かった。一度キッチンに立って一息つきたかったけれど、主役は座ってと直哉に言われ、私はダイニングテーブルに座らされた。これ、うちから。と姉が差し出した包みを受け取り、いいのにそんなと言いながら開く。現れたのはマックスマーラのストールで、うわあありがとうと少しわざとらしかっただろうかと自分でも心配になるような声が出た。

「これから寒くなるし、使わせてもらうね」

演技をするという事はこんなに難しい事なのかと、私はこの間記者会見場で見ていた俳優たちを思い出して情けなくなる。

「でも、びっくりした。直哉とも連絡取り合ってたの？」

「そうよー。カナを誘うより前に直哉さんとも日程とか打ち合わせておいたんだから」

「え、もしかして直哉もプレゼントとか用意してるの？」

「いやいや、僕はちゃんと当日に渡しますよ」

キッチンで料理を用意する直哉がにっこりと笑って言う。どこかデート行ったりするの？と姉が嬉しそうに聞く。

「まだ内緒なんですけど……あれ、カナ、誕生日の夜は空けといてって言ってあるよな？」

私は随分古い記憶の中から、その言葉を探り出す。きっと、手帳には夜～ナシと書いてあるはずだ。でも、最近仕事のペースがゆったりしていたため、あまり手帳を開いていなかった。そもそも私は、今日が誕生日の二日前という事も忘れていたのだ。

「多分、大丈夫」

「カナっていつもこうなんですよ。いつも自分の誕生日忘れてて、僕が何も言わなきゃそのままスルーしちゃうような感じで。女性には珍しいですよね、ここまで無頓着《むとんちゃく》なの」

そうかなと微笑みながら、吉岡さんがやけに几帳面《きちょうめん》に、均等にシャンパンを注ぐのをじっと待つ。酔わないと、私は自然な行動を取れそうになかった。

「弘斗も飲むわよね？」

姉が聞くと、じゃあ一杯と弘斗が言って、グラスを受け取った。姉はジュースをコップに注ぎ俊に渡す。直哉もキッチンから出てきて、私たちはグラスを持ち上げた。

「三十歳おめでとう」

姉の声が上がって、皆がおめでとう、と口を揃《そろ》える。私はにっこりと笑って、ありがとうと言う。グラスがテーブルの真ん中で六個、ぶつかった。ここにいるのは二つの家族。両親に息子という家族が二つ。男が四人に女が二人。四十代が三人、三十代が一人、十代が一人、一桁《ひとけた》代が一人。どう括《くく》っても、私はこの集まりに歪《いびつ》さを感じた。これまで皆で集まった時には感じていなかった歪さの原因は、私がこの中の二人の男とセックスをした事があり、一人を膣《ちつ》から生み出したという、そして姉と私は同じ膣を通って生まれてきたという、そういう下半身の関係性によるものだろうか。

わあすごーい、佐々木さんから届けられていた料理を直哉が出していくと、姉が声を上げた。すごいでしょう？　僕が作ったわけじゃないけど、僕が誕生日特別バージョンでって頼んだんですよ、といたずらっぽく直哉は笑う。いつも、佐々木さんの所のケータリングは何が届いても美味しくて、誰に出しても好評で愛用していたけれど、今日はかつてなく豪勢だった。牛肉のカルパッチョのトリュフとチーズ掛け、鴨肉《かもにく》のサラダ、ムール貝とセロリの白ワイン風味タリアテッレ、フォアグラを詰められた一人一羽の鶉の丸焼き。そこに姉の持参したピンチョスにアクアパッツァ、サーモンのパイ包みが揃って、伸張式のテーブルを限界まで広げてようやくテーブルに載ったほどだった。皆が到着する前、私が神経質に並べておいた皿とナプキン、カトラリーが、少しずつ乱れていく。

「カナの誕生日のお祝いなんて、何年ぶりかしら」

姉の言葉に、考え込む。私が中学生くらいの頃じゃない？　と私が言うと、いや、もっと前じゃない？　と姉は斜め上を見上げる。

「お姉ちゃんの誕生日なんて、それこそもう二十年以上祝ってないよね？」

「私はもう誕生日なんていいわよ」

「この中で次に誕生日なのは、誰だっけ？」

弘斗だ。吉岡さんの言葉に誰かが答える前に私は思いつく。思いついた瞬間、向かいに座る弘斗と目が合った。

「弘斗よ。十二月末。この子が産まれた日はほんと寒かったのよー」

姉の言葉に、そうだったねと相づちを打つ。彼の誕生日は十二月二十八日だ。私はしっかりと覚えている。その三日後の大晦日《おおみそか》に、私は両親と共にお見舞いに行き、生まれたばかりの彼に出会ったのだ。一気に空いたグラスに、また吉岡さんの手によってシャンパンが注がれる。私は注がれると同時にグラスに口をつけた。

「そうか。じゃあ次は弘斗の誕生日会だな。俊くんが一月だから、一緒にやるか？」

吉岡さんの言葉に姉がそうね、と頷く。あなたたち兄弟みたいなもんなんだから、と姉が嬉しそうに言う。薄れている現実感をどうやって取り戻したらいいのか、もうさっぱり分からなかった。何故《なぜ》だろう。今日の主役は私のはずだし、私が祝われているはずなのに、私には彼らの居る世界から切り離され、宇宙に飛ばされた人工衛星のごとき、ぞっとするような孤立感しかない。いや、元々、彼らと気分や感情を共有出来るような人間であった事は、私には一度もなかったに違いない。私は、サプライズパーティを企画されて喜べる人間であった事もなければ、サプライズパーティという人の都合や気持ちを無視したはた迷惑なものを企画する人々と心から分かり合えた事も、人生に於いて一度もない。

「ママー、サラダとって」

俊の言葉に笑顔で頷いて、サラダをトングで摑む。何度かに分けてサラダを盛ると、カルパッチョは？　と俊に聞く。うん食べるという言葉を確認してから、カルパッチョも隣に盛りつける。食べたいものがあったら言ってね。サーモンのパイもあるからね、と付け加えると、私は微笑《ほほえ》みながら、自分の皿にもカルパッチョを取り分けた。この取り分けられていくカルパッチョのように、私自身もどこかにばらばらに飛んでいって、ここに居る人々の体で消化されていけばいいのにと思う。ふと顔を上げると、弘斗と目が合った。その瞳《ひとみ》の奥に彼がどんな思いを抱いているのか、私には知りようがなくて、その知りようのなさにもやもやとした不安がこみ上げる。

立て続けに三杯シャンパンを飲むと、私はトイレに立った。トイレの洗面台に向かって手をつくと、じっと鏡を見つめる。下瞼《したまぶた》にアイラインが滲《にじ》んでいた。無理に微笑み続けた結果だ。人差し指で滲みを拭《ぬぐ》うと、私はまたじっと鏡の中の自分を見つめる。私以外の自分の中から何かがこぼれ落ちてしまいそうな気がして、肩に力を入れる。

全ての人が満足した気分でこの会を終わらせるまで、この力を抜いてはならない。白分に言い聞かせると、私は念入りに手を洗ってトイレを出た。リビングでは、吉岡さんと直哉が仕事の話をしていて、その内容の真っ当さに救われる。ねえ弘斗くん、ゲームやろうよ、俊が席を立って弘斗のシャツを引っ張る。

「もう少しご飯食べてからにしよう？」

弘斗がそう宥《なだ》めると、俊ははーいと不満そうに言って席に戻った。

「ごめんね。弘斗が来たら一緒にゲームが出来るって、俊ずっと楽しみにしてて」

「カナさんと直哉さんはゲームやらないの？」

やらないねえ、と直哉が笑って、私も、と肩をすくめる。

「不思議だよね。携帯もタブレットもパソコンも説明書なしで使えるのに、ゲームのコントローラーは難しくって」

「何だかんだ言って、カナは私たちか弘斗たちかと言えば私たちの括《くく》りなのよ」

姉の言葉に何それ、と笑う。やっぱり最近の若者って、弘斗もだけど、ゲームに対する適応能力が全然違うの、これって結構万国共通で、アメリカでもそうだったわ。

姉の言葉に、私は首を傾げる。

「私の世代だって、やってる人はやってるし、お姉ちゃんたちの歳《とし》でもやってる人はやってるよ」

「でも、私たちの世代でゲームやってる人って、やっぱりオタクなのよ。今の若者たちはオタクじゃなくても皆それなりにゲームをやってるし、漫画とかも読んでるの。若者世代にはもう漫画とゲームが文化として定着してるって事よね」

姉が世代や文化という言葉を口にしているのが不愉快だった。僕もロンドンに居た頃は日本の文化を追いかけたくて、話題になってる漫画とかたまに読んでたんですけど、日本に帰ってきたら逆にすっかり遠のいちゃって、と直哉が姉に同調するような事を言う。一人になりたかった。全てが憂鬱だった。彼らが来るまでは何となく、恙《つつが》無《な》く進行して終わるんだろうと想像していた二家族の食事会が、今では拷問《ごうもん》のように辛くて仕方なかった。どうして今日、私は姉一家をここに招いてしまったのだろう。私は、自分の想像力の及ばなさに驚きすら感じていた。

「あ、弘斗。カナさんに」

吉岡さんに促されて、弘斗が開けられたばかりのフェラーリのボトルを持ち上げ私のグラスに注いだ。ありがとう。と言って、その手からボトルを取り、弘斗にも注ぎ足すと、どうも、と弘斗が微笑む。

「そうだ、弘斗くん、ジャーナルエクスポジションて知ってる？」

ああ、今やってますよね、と応《こた》える弘斗に、弘斗知ってるの？　と思わず口を挟む。世界中の新聞、雑誌に掲載された報道写真から選出された写真の展示会は、百ヶ国以上の版元が参加し、ほとんどの先進国で開催されているとはいえ、新聞も取っていないと話していた弘斗がその存在のみならず開催時期まで把握しているとは思いもしなかった。

「最近、大学の友達がその展示会のこと話してて。行ってみたいなって思ってたんです」

「じゃあ、カナと行っておいでよ。券は買ってあるんだ」

「え、いいんですか？」

「二人で行こうって券取ったんだけど、僕が日中なかなか時間が取れないから、カナが痺《しび》れ切らしてもう一人で行く、って言いだして困ってたんだよ」

「いいよ、券二枚あげるから、友達と行っておいで。私はチケット買うから」

「いや、カナさんと行きますよ」

「カナ、大学の近くでピックアップして連れて行ってあげなよ」

私はそこで折れて、じゃあ、行こうか？　と弘斗に言う。うん、と微笑んで、ありがとうございます、と直哉に言う弘斗がどこまで意識的にその無邪気な表情を作っているのか分からない。このリビングに入ってから、彼は完璧に、無害で従順な甥だった。

「考えてみれば、もう二十歳になるんだもんな。学生の内に色々、コンサートとか舞台とか、見に行っておくといいよ。社会人になったらそんな時間なかなか捻出《ねんしゅつ》出来ないし、若い内に見ておいた方がいい物もたくさんあるから。これからも何か機会があったらちょくちょく誘うよ。そうだ、今度椿姫《つばきひめ》を観《み》に行こうかってカナと話してたんだけど、弘斗くんバレエは興味ある？」

つい数日前、椿姫の話を、私たちはこのリビングでしていたのだ。二人で行こうと話していたのに、いきなり弘斗を誘おうとする直哉にいらっとする。でも弘斗とセックスをしていなければ、このいらっとする感覚もなかったのかもしれない。社会人になる前に、甥に色々な世界を見せてあげたいと、私も純粋に思ったのかもしれない。

「バレエは全然詳しくないんですけど、前にパリオペラ座のドキュメンタリー番組を見た事があって、すごく興味深かったんで見てみたいです」と優等生な回答をする弘斗に、私は多少の牽制《けんせい》の意志も含めてにっこりと微笑む。

「何かあったらいつでも声掛けてください」

「そういえば、俺まだ弘斗くんの携帯番号聞いてなかったね。教えてよ」

直哉が携帯を取り出すと、弘斗もポケットから携帯を取り出した。何かSNSやってる？　あ、LINEはやってますけど、弘斗と直哉は和やかにそんな会話をしている。私はなす術《すべ》なく、お皿に取り分けたアクアパッツァのあさりの身を取り外す作業に専念した。

夜の八時に、姉夫婦と弘斗は帰って行った。弘斗と遊んで疲れたのか、俊は珍しく九時過ぎに寝てしまい、私は食器や空き瓶を片付け、洗い物を始めた。いつもと同じルール、順番で食洗機に皿やコップを詰め込んでいく。神経症的だと、いつか直哉に言われた事がある。私は食洗機に食器を詰める時、並べる順番、並べる位置を食器ごとに細かく決め、シンクに食器を置く時も入れる順番通りにお皿が取れるように配置している。洗い残しなく綺麗《きれい》に洗うため、効率的、合理的に位置を定めているだけなのにも拘らず、彼が私を神経症的だと言った事に、私は憤《いきどお》った。これが見た目にも美しく、見た目に美しいという事は綺麗に洗えるという事なのだと、合理性と効率性を主張すると、彼ははいはいと笑って、カナはいつも変な所が真面目《まじめ》なんだよと続けた。ゴム手袋をはめた手で次々と食器を詰めながら、振り返る。テーブルには姉夫婦のくれたストールが箱に入ったまま置いてある。これまであった事と、今日あった事全てを引っくるめて、ただ虚《むな》しかった。

「弘斗くんは本当にいい子だな」

　直哉が満足そうに言う。直哉はどこか、クリエイティブな人間を好んでいるふしがある。彼自身がクリエイティブではないからなのかもしれない。弘斗が建築学科で学んでいると知った時も、彼は嬉《うれ》しそうだった。

「エクスポジションの事、あんな言い方したら弘斗断れないでしょ。甥とはいえちょっとは気を使ってよ」

「弘斗くんはカナに懐《なつ》いてるし、カナと行くの別に嫌じゃないと思うよ」

「嫌かどうかじゃなくて、気を使わせたくないの。大学生だよ？　そんなの友達と行った方が楽しいに決まってるじゃない。彼女だっているかもしれないのに」

「そうか？　俺があの位の歳の頃カナみたいな綺麗な叔母がいたら、一緒にあちこち行きたかったと思うけどな」

　彼にとって、弘斗はまだ子供なのだろうか。息子のようなものなのだろうか。去年姉夫婦が帰国してくるまで会った事もなかったというのに、彼は姉夫婦、そして弘斗に、過剰な信頼を寄せているような気がする。弘斗は直哉みたいに軽いノリで叔母と出かけられるような子じゃないのよと、私は少し大げさな口調で言う。

「弘斗は気を使う子だし、優しい子なの。さっきみたいな言い方したら、断りたくても断れないよ」

　もしも私が彼と寝ていなかったとしても、私はこう言っただろう。そう思える言葉だけを口にしているつもりだったけれど、その判断力に自信を持てず、言葉が尻窄《しりすぼ》みに小さくなった。

「そうか？　まあいいじゃない。たまには若い男とデートしておいで」

　この人は、何か感づいているのだろうか。いや、感づいていないからこんな事が言えるのだろうか。

「若い男は俊でたくさん」

　肩をすくめて言うと、直哉は確かになあと笑った。彼は感づいてなどいない。当然だ。姉も、吉岡さんも、私と弘斗がどうこうなるなんて、考えた事はないだろう。いや、違う。私は今日の姉の笑顔を思い出す。姉だけは、私と弘斗が寝る事を想像した事があるかもしれない。姉は、昨日今日ではなく弘斗が生まれた頃からずっと、そんな想像をしてきたかもしれない。男の子の女親として、考える事は想像がつく。女親は息子が生まれてからずっと、彼が将来どんな女たちと寝るのか、想像せずにはいられないのだ。俊が赤ん坊だった頃、オムツ替えをしながら、私も考えた。この性器をいつか口にふくむ女、この性器をいつか性器で受け止める女、それはどんな女だろうと。俊が新生児だった頃、小説などで目にした事のある行為、母親が乳幼児の性器を口にふくむという行為が、オムツ替えをすると時折頭をよぎった。夫も誰もいない部屋。ベビーベッドに横たわる息子のオムツを替えながら、何度も想像した。この間までお腹《なか》にいて、へその緒を通じて私の食べる栄養で肥え、私の子宮から膣を通って生まれたのだという事実に比べたら、性器を口にふくむという行為はさほど大それた事ではないように感じられた。でも結局、私は息子の性器を口にふくむ事はなかった。次第に息子はむちむちと太り、私はその丸々とした身体《からだ》を見ながら、口にふくんでみようかという好奇心が潰《つい》えている事に気がついた。肥えきった身体に、何故か私はそういう種の欲望を抱かなかった。でも今も、いつか息子の性器を受け入れる女についてはよく考える。そして身近な、姉や俊の友達の母親、俊の先生などの中年女性を思い浮かべては、若い女性でありますようにと強く願う。だから姉もきっと、考えた事があるはずだ。弘斗と私が寝るという可能性について。

ここでちょっと待っててください。そう言って停めたタクシーから、一本吸ってきます、と言って煙草《たばこ》とライターだけを持って降りる。降りた瞬間、そうか路上喫煙禁止区域かと思い出して一瞬躊躇《ちゅうちょ》したけれど、一本くらいと思って火をつけようとすると、禁止区域ですよと声を掛けられた。麻のくたっとしたシャツにチノパンを穿《は》いた彼は、爽《そう》という言葉を具現化したような若者に見える。

「知ってる」

そう言って僅《わず》かに口紅の色がうつった煙草をポケットに仕舞うと、私はタクシーの窓を叩《たた》いた。どうぞ、と言う弘斗に、ありがと、と苦笑して先に乗り込む。朝から駆り出されていた仕事先でも禁煙禁煙と言われ、喫煙所に行く間もなかったため、もう五時間以上煙草を吸っていなかった。

「大変だね。喫煙者は」

「何で日本って外が禁煙なんだろうね。タイミング逃すと一日中吸えなかったりするからほんと辛い」

弘斗は笑って鞄《かばん》を足下に下ろした。走り出したタクシーの中、私は何となく息が詰まるような感覚に襲われ窓を開ける。

「今日は何時まで平気なの？」

「写真展見て、どっかでご飯食べたら帰ろう。今日弘斗と行くって直哉にも言ってあるし」

そっか、と言う弘斗に、あと外ではこういう事しないでね、と弘斗が摑んでいる私の左手を持ち上げる。タクシーではいいんだね？ と確認する弘斗に頷《うなず》くと、分かったと穏やかな表情で彼も頷いた。

「カナさんの家に、母さんたちと一緒に行くのはもう止《や》めるよ」

「その方がいいとは思うけど、お姉ちゃんに怪しまれないかな」

「勉強が忙しいとか言うよ」

「あんまり変に断ったりしない方がいいかもよ」

冷静だね。弘斗はそう言って私を覗《のぞ》き込む。キスしていい？ と聞かれて、私は黙ったまま彼にキスをする。今日は、直哉の計らいで実現したのだ。そう思い出すと気分が萎《な》える。舌が入ってきて、私は彼の胸に手のひらを当てて押し返す。

「誕生日、直哉さんと過ごしたの？」

「過ごしたよ」

「何したの？」

「レストランで食事して、サプライズのケーキを食べて、プレゼントもらって、家に帰った」

「セックスした？」

「しなかった」

「……プレゼントは何だった？」

「腕時計。今日はしてないけど」

記憶が蘇ると同時に、羞恥心《しゅうちしん》が湧《わ》き上がる。直哉はセンスの良い人だと思ってきたけれど、こと誕生日やこういうイベント事に関しては全くセンサーが働かないようだ。夜景の見えるホテルのレストランで何万もするワインを飲みサプライズのケーキを仕込み、その後バーで飲み直して腕時計のプレゼントをするなんて、あまりに時代錯誤だ。

「ごめんね。嫉妬《しっと》はしてないよ」

「そう？」

「元々、そういう前提だから」

「じゃあどうして聞くの？」

「知りたいんだ。俺の知らない所で、カナさんが何に喜んで、何に興味があって、何に感動してるのか」

彼は長い間人妻と付き合っていた事があるんじゃないかと思うほど、わきまえているように感じた。

「私はプレゼントで喜ぶ事はあんまりないの。腕時計も、すごく嬉しいありがとうって笑顔で言うけど、特に必要な物ではないし、今特に興味のある事もないし、まあ、強いて言うなら仕事かな」

「何か、欲しい物ってないの？」

私は一瞬タクシーの天井を見上げ、少し前にも直哉に同じ質問をされたのを思い出す。自分が何と答えたのか、覚えてなかった。少なくとも腕時計ではなかったはずだけれど、別になんでもいいよくらいに答えたのかもしれない。

薄　「何か、ぽっかり心に穴が開いてる感じがするの。だからそれを埋められるような何かが欲しいかな」

「難しいね。ポエムとかは引くでしょ？」

軽　「でも方向的にはそういう物の方が良いのかも。服とか装飾品よりポエムとか、本とかの方がいいかな」

「カナさんのその穴が開いた感じって、何でなのかな？」

「ストーカーの事もあるだろうし、イギリスに居た事もあるかな。色んな事があって、一喜一憂するのが嫌で無心で生きるようになっていったのかも」

「じゃあずっと、十年以上前から心に穴が開いた感じだったの？」

「分かんないな。もうずっと、自分の心について考えた事なかったから」

でもその穴を意識するようになったのは、弘斗と寝てからだ。ストーカーの事や、イギリス生活の過酷さなど私は忘れかけていたわけで、ストーカーに刺される前の世界など、もはや歪められた記憶の中にしかないのだ。過去について考える時、それは当然現在と対にして考えられている訳で、ストーカーの記憶を思い起こさせる弘斗という存在が、その過去をデフォルメしている部分もあるはずだ。激しい恋愛をしていたあの頃がユートピアで、今がディストピアだなどという考えは幻想だ。あの頃にはあの頃の地獄があって、今は今の地獄がある。自分の生きていた世界が美しかった事など、一度もないのだ。

「俺とこういう関係になっても、何にも感じないの？」

「何も感じないわけじゃないけど、自分の中から突き動かされるような衝動はない。弘斗の事はすごく愛《いと》おしく思う。でもそれ以上の、激しい感情はない」

「例えば俊くんと直哉さんを失っても、カナさんは全然動かないのかな？」

「それは、世界が変わるよ。泣き暮らすと思う。もし俊を助けられるなら死んでもいいと思う。でも、二人が死んでも後を追おうとは思わないと思う。苦しみながら、私はまた日常に戻っていくと思う。でも弘斗だって、両親が同時に死んだとしても、後追いをしようとは思わないよね？」

「そうだね。カナさんが心中を持ちかけてきたら考えるだろうけど」

やめてよと苦笑すると、本気だよと弘斗も笑った。

「基本的に大人っていうものは、伴侶《はんりょ》や子供が事故や病気で死んだりしたとしても、後追いはしないものだし、この人のためなら世界を破滅させられるなんて誇大妄想的な事は考えないわけだよね？ だとしたら、今の私は果てしなくノーマルで、平均的で、何の変哲もない三十代の人間なんじゃないかな」

若い頃の私は後追いをしたはずだ。例えば愛する人が浮気をしたりしたら刺し殺しただろうし、心中しようと持ちかけられたら心中しただろう。今、私は自分に関するあらゆる事の想像がつく。今こんな事が起こったら、私はこういう風に感じ、こういう行動を取るだろうという予想がつく。何があっても、例えば弘斗との関係が直哉にばれたりしても、私は取り乱さないだろう。私は悲しみと喪失感を抱きながらも、離婚や親権について直哉の要求を受け入れるだろう。その、未来への予想がつく事こそが、乾いた絶望を巻き起こす。古ぼけたペンキがぺりぺりと端からはがれていくような、乾ききった絶望を。

「俺が死んだら、後追いはしなくても泣いてくれる？」

「それは、すごく泣くと思う」

「だったらそれでいいんだ」

彼は何故こんな老成したような表情で、自分が死んだら泣いてくれればいいなどと言うのだろう。私は、二十歳前後の男がこんな風である事に疑問を抱く。

「弘斗は、今の自分の環境に何か不満があるの？　弘斗は、将来有望な大学生で、何不自由ない家族に恵まれて、ほんとびっくりするくらい最高の条件を身につけてるのに、どうしてこんな感じなんだろうって……思うんだけど」

「カナさんに同じ言葉を返すよ。綺麗で、生活力もあって、最高の夫と最高の息子に囲まれて仕事もうまくいってるのに、どうしてそんなに不幸せそうなの？」

「私は幸せだよ」

「幸せな人は甥とは寝ないよ」

「それとこれとは話が別じゃない？」

「そうかな」

「別に、幸せになりたくて弘斗と寝たわけじゃないし、実際、弘斗と寝て幸せになったわけじゃない。もっと、根本的な問題なんじゃないかな」

「俺のも、根本的な問題なんだと思うよ。自分の持ってる条件とか環境なんて全く関係ないような問題があるんだと思う」

去年か一昨年かに観た映画を思い出す。不倫映画で、仕事上の付き合いで試写会に行っただけだったけれど、私はその内容に半ば唖然《あぜん》とした。何十年前の話だろうと思うほど古くさかったのだ。主人公は束縛が激しいＤＶ夫に苦しんでおり、突如現れた若い男との不倫の果てに、地獄のような家庭から逃げ出し離婚に至るのだ。世の主婦たちの不倫したい欲求を満たしつつ、不倫を正当化する要素を入れこむという姑息《こそく》なやり方に、私は呆《あき》れた。その映画を見た時に感じた嫌悪《けんお》感《かん》を思い起こせば、私がいかに状況的に満たされていようが不倫に走った理由を探すのはお門違いなのかもしれない。結局、不倫なんてヤレる状況でヤリたいと思ったら最後、ヤルしかないのだ。そしてヤッたが最後、よっぽど状況が大きく変わったり、周囲にばれたりしない限り、だらだらとヤリ続けるしかないのだ。そうか。とため息と共に呟きが零《こぼ》れる。

なに？　と覗き込む弘斗にキスをして、私は少し晴れ晴れした気持ちで弘斗に握られた手に力を籠《こ》める。一瞬、このままホテルに入ってこれから数時間の限られた時間をセックスに充《あ》てたいと思ったけれど、僅かな理性がその提案を口には出させなかった。

イギリスにいた頃見に行くようになったジャーナルエクスポジションは、今年も世界中の悲劇を展示していた。弘斗と私は一緒には歩かず、お互い自由に写真を見て回った。ほとんどの写真の解説を読んで回っていた弘斗よりも先に私は全体を見終え、ベンチに座って待っていた。戦争、内紛、飢餓、それらの写真は中東やアフリカのものがほとんどで、先進国のものは自然災害やスポーツ、文化に関する写真ばかりだ。ロンドンに居た頃は世界の問題が身近なものに感じられた。周りにあらゆる国の人間、あらゆる宗教の人間、あらゆる過去を持った人間がいたし、毎日アフリカや中東、難民問題や宗教対立のニュースが流れていた。でも日本に帰国して以来、それらの問題は分断された遠い世界の話のように感じられている。平和な事はいい事だ。でも、ニュースでも国際問題はほとんど報道されず、ニュース以外の番組はカワイイと楽しいだけで回っているようなテレビを見ていると、こんな所にいて大丈夫なのだろうかという疑問を抱かずにはいられない。こうして写真展に足を運んでも、もはや私にも遠くの悲劇は別世界の話のように感じられる。日本という国はディズニーランドのようだ。夢の国の中で夢を見ながら、楽しい事、面白い事だけを追求して、皆でネズミの耳をつけて笑って写真を撮っている。でも、死ぬまでディズニーランドの中に居られるのならば、中に居続ける事を選ぶのは当然だ。私も、ストーカーに刺され生命の危機を実感しなければ、留学しようなんて考えもしなかったであろうインドアタイプの人間なのだ。

はっと顔を上げると、弘斗が目の前に立っていた。ごめん、待たせた？　そう言う彼に、ううんと首を振る。海外に出て欲しいなんて、今の若者にとっては古くさい価値観に感じられるかもしれない。ここではないどこかには、ここにはない何かがあるなんて、そんなのは幻想かもしれない。そもそもアメリカで育った弘斗にとっては、日本が外国のようなものでもあるのだろう。でも、私はやっぱり弘斗に留学してもらいたいと、たくさんの写真を見た後に、そんな感想を抱いていた。

「随分真剣に見てたね」

「こういう所に来る事あんまりないから、色々興味深くて」

「結構直接的な写真が多くて、気持ちが追いつかなかったよ。大丈夫だった？」

「この世界には数え切れないくらいたくさんの世界があって、でもどれか一つを選ばなきゃいけないって、突きつけられた感じがするよ」

迷いのないような表情でそう言いきった彼は私に手を差し伸べた。手を取って立ち上がりながら、自分の考えていた事を飲み込んだ。

タクシーで十分ほどで着いた小さな沖縄居酒屋は、カウンターはこてこての沖縄風、個室は薄暗くバリ風のインテリアで雰囲気が良く、広い客層に人気の店だった。この店を教えてくれたのは、前の事務所にいた人気モデルで、まだ二十歳そこそこの彼女があちこちで接待され連れ回され、東京の美味《おい》しいレストランやバーを知り尽くしているという現実に、私は東京の病理を感じた。

オリオンビールで乾杯すると、箸《はし》を割ってお通しの海ブドウを口に含む。海ブドウって、初めて。そう言いながら面白そうに口に運ぶ弘斗は、接待した事もされた事もない、普通の若者だ。やっぱり、彼には年功序列で低能なおやじに媚《こ》び諂《へつら》わなければならないような会社に入ってもらいたくない。一度入ってしまったが最後、転職や引き抜きの機会もなくそこに骨を埋めるような、そんな社会生活を送ってもらいたくない。この世界に入ってまだ数年だけれど、仕事で関わる新聞社や出版社、芸能事務所や広告代理店や映画会社、あらゆる会社で実直な印象を受けた新入社員や派遣社員ほど、鬱《うつ》になったり精神状態を崩したりして、休職や転職をしていくのを見てきた。そしてそんな中で生き残った人々を見ると、大抵入社当時に持っていた実直さ、素朴さを無くしているのだ。実直なまま順応する事が難しいような会社に、弘斗には入ってもらいたくない。建築家として歴史に残るような建築物を残せる人なんて一握りの中の一握りだとは分かっている。でもだからこそ、英語がネイティブレベルで話せるのだから欧米で勉強した方が道は開けるのではないだろうか。漠然と感じていた疑問が、ぐっと沸き上がっていく。

「弘斗は、就職は考えてる？」

「まだ、本格的には」

「留学は考えてないの？」

「考えてなくはないけど」

「フランスとか、イギリスとか、いいんじゃない？　フランス語、喋《しゃべ》れるんだよね？」

「会話はそれなりに出来るけど、読み書きは自信ないな。コルビュジエの本もちゃんと読もうとするとかなり時間かかってさ」

「コールハースはイギリスの大学出てるんだよね？」

「ＡＡスクールはうちじゃ無理だよ。学費が高いし。今の大学出た後留学したいなんて言ったら、いい加減にしろって言われるよ」

「大学出たらすぐに働くっていう流れ、あんまり良くないと思う」

「今は、父さんの会社も安定してない状態だし」

「直哉に話せば、お金は貸せるよ。出世払いで構わないし」

　自分の提案している事が、自分の不倫相手の留学費用を夫にせびるという事なのだと分かっていながら、私は提案しなければならない焦燥感のような、正義感のようなものに掻《か》き立てられていた。

「アメリカでは、親がよっぽどの金持ちでない家庭の子供たちは莫大《ばくだい》な奨学金を借りて大学に入るんだ。もちろんそれも、それなりに勉強ができないと受けられないんだけど、名門大学に入学する彼らは十代で何百万も借金を背負って、大学を出ていい会社に就職した後それをせっせと返し続けるんだ」

「イギリスで知り合ったアメリカ人の男の子が、その話をしてた。日本の大学生たちはサークルに入って遊びまくってるって言ったら驚いてた」

「大学っていうのは社会人としての自分への投資で、だから皆高校の内に自分の進むべき道を見極めるし、将来を真剣に考えてる。日本だと借金てすごくマイナスなイメージがあるけど、向こうでは借金が出来るのも一つのステイタスだから、人生設計をきちんとしている証《あかし》でもあるし、そんなにマイナスイメージはないんだ。そういう道を選んだ友達も周りに多かったから、俺も日本の大学に行くって決めた時には、将来の事をそれなりに決めてた。元々、出来るだけ親に頼らないで生きたいと思ってたし、カナさんとこうなってからは、その気持ちがより強くなった」

彼のこういうシビアな所が、私は好きだ。でも、高みを目指せるのに目指そうとしないような、過剰に現実的な所に憤りを感じる。

「私の事は抜きにして、純粋に目指したい所とか、やってみたい事を考えなよ。もちろん色々条件があって出来ない事はあるけど、一番の理想がどこにあるのかはっきりさせた方がいいと思う」

「大丈夫。考えてるよ。でも、直哉さんには頼りたくない。もしもどうしても行きたかったら、人に頼るよりも奨学金を考えるよ」

失礼しますと声がして、店員が入り口にかかったシースルーのカーテンをくぐった。ゴーヤーチャンプルー、島豆腐、ミミガーの皿が並んで、私は表情を緩めた。美味しそうだね、と言う弘斗に頷いて箸を伸ばす。うん、うまい、ミミガーを食べながら言う弘斗を見て、私は不意に彼の手が華麗に見える事に気がつく。渡米前の彼は、いつもグーにしたような手でぎこちなく箸を使って食べていた。姉がうるさく注意していたのを覚えている。でも今の彼は、長い指で丁寧に箸を持っていた。これまで、家でご飯を食べる時は洋食が多かったから、気付かなかったのだろうか。私はふと、彼がアメリカにいる間に誰か別の男とすり替わったんじゃないかという妄想に取り憑《つ》かれる。「チェンジリング」という映画が脳裏に蘇る。行方不明になった息子を探し続ける母親のもとに、男児が戻って来たにも拘らず、私の息子じゃないと主張し周囲から異常者扱いをされるという話だった。でも結局、戻って来たのは別人で、本当の息子は最後まで戻ってこない。絶望的な映画だった。

「どうしたの？」

「箸の持ち方、綺麗になったね」

子供扱いしないでよと笑う弘斗に、そんなに優しく、綺麗に箸を持つ人、久しぶりに見たよと言う。

「アメリカ行ってから、母さんその辺がすごく厳しくなったんだ。日本人として恥ずかしくないようにって、箸の持ち方とか、もちろん日本語もすごく勉強させられたし、和食の作り方も教えられたし、空手も、向こうではテコンドーの方が浸透してるんだけど、日本式の空手を探しまわって道場を決めたんだよ。僕はナショナリストじゃないから、母さんのそういう所が恥ずかしかったけどね」

「でも、分かるよ。イギリスに行ってる間、私も改めて日本の事を考える事が多かった。日本にいた頃には全く疑問を持たなかった事が気になったり、それに、日本について話す機会が増えるでしょ？　日本についての質問をたくさん受けるのに、全然答えられなかったりして、色んな国籍の人たちに出会ったけど、こんなに自国の事について知らないのも珍しいんだなって思った。語学学校の宿題で自国の文化とか習慣について発表する事が多かったんだけど、そのたびにネットで調べまくってレポート書いてたの」

「知識として身につけるのは分かるけど、向こうに行ってからの母さんは、自分は日本人だって誇示するような、例えば、中国系とかベトナム系とか、他のアジア系とは違う、みたいな気持ちが透けて見える時があったりして、気持ち悪かったよ」

薄　「お姉ちゃん、そんな人？」

「もちろんあからさまじゃないよ。でも国籍を聞かれて、ジャパニーズって答える時の母さんが、子供心に嫌だったんだ」

軽　「お姉ちゃんは、ナショナリズムとかそういうのが嫌いな人だと思ってたけど、息子から見るとまた違った印象を持つのかもね。あ、弘斗、ゴーヤーって食べた事ある？」

「うん。アメリカにもあった。ビターメロンっていうんだよ」

「私もイギリスでたまに食べてた。インド系の人がよく買ってて」

「へえ。アメリカでは中国系の店にあったと思うな」

「じゃあ、食べられるんだよね？」

「大丈夫。好きだよ」

良かった、と言いながら二人でチャンプルーをつつく。泡盛飲む？　俺泡盛ってあんまり飲んだ事ないんだ、ここは甕《かめ》の年代物を置いてて、すごく美味しいよ、という話の後に二種類の泡盛を選びロックで注文する。

「酔っぱらったら何するか分かんないよ」

「若者らしい事も言うんだね」

それなりにねと笑って、弘斗は私の手を握った。部屋の隅には灯籠《とうろう》型のランプがあって、正方形の座敷席の角を挟んで座った私たちは左側から照らされていた。

「私を襲った男だからね」

「正攻法じゃ駄目だと思ったんだよ」

「これまでは、どんな風に女の子を口説いてきたの？」

私の左に座る弘斗は右手を私の肩に置き、その手を背中に走らせて反対側の肩に伸ばし抱き寄せた。その手が髪を撫《な》で、次に私の右頬を撫でる。

「こういう感じで肩を抱くと、大体自分からすり寄ってくるよ」

「弘斗ってつくづく勝ち組だね」

「冗談。これでうまくいくのは俺に好意のある女の子だけだよ。だから、カナさんには別のやり方をした」

本当に帰っちゃうの？と続ける弘斗に、一瞬仕事仲間から誘われて飲む事になったと直哉にメールを入れようかと血迷うけれど、今日は帰ると反射的に答えていた。

失礼しますと声がして、私たちは距離を取る。出された泡盛のロックで、もう一度乾杯をする。私も久しぶりの泡盛だった。美味しい、そっちも一口ちょうだい、と無邪気にお酒を楽しむ弘斗に、嬉しくなってグラスを差し出す。私は既視感に襲われて、遠い昔の記憶を思い出す。ストーカーになったあの人も、未成年だった私に色々なお酒を飲ませた。私が美味しいと喜ぶと、彼はとても嬉しそうな顔をした。私は一人渡英した後、頭がおかしくなりそうな程専門学校と語学学校のテキストと授業を録音したボイスレコーダーを反復しながら、一時期アルコール中毒一歩手前というくらい、酒に溺《おぼ》れた。直哉と出会って飲み過ぎる事は自然となくなったけれど、毎晩勉強を終えると一人倒れるまで安いウォッカやジンを飲んでいた。直哉が、私が深酒をするのを嫌うのは、私がそうやってアル中に近い生活を送っていた事を知っているからかもしれない。

「カナさんと、ずっと美味しいお酒を飲んでいたいよ」

「お酒は限りがあるからいいんだよ。自分が永遠に生きられると思ったら、生きてるのが辛《つら》くなるでしょ？　永遠に飲み続けられると思ったら、飲んでるのが苦痛になるよ」

「じゃあ、限りある時間を楽しもう」

　彼は優しい声で言って、私のグラスを持っていない方の手を握った。

「弘斗に聞きたい事があるの」

「なに？」

「吉岡さんが、弘斗がアメリカで暴力事件起こしたって言ってたって、直哉から聞いたんだけど」

　言いきった瞬間、明らかに弘斗の顔色が変わった。柔らかい表情は変わらなかったけれど、顔色だけが、さっと変わった。言いたくないなら言わなくてもいいよ、と続けながら、既に彼にその質問をしてしまった事を後悔していた。

「誰にも言わないって、約束したんだ。相手とも、うちの親とも」

　ならいいよと言いかけた瞬間、弘斗は口を開いた。「彼女をレイプした奴《やつ》を半殺しにしたんだ」。体中から激しい拒否反応が出た。この話は聞きたくない。反射的にそう思った。

「俺は殺そうと思ったし、向こうも死ぬと思ったんじゃないかな。とにかく、殺そうっていう意志をもってボコボコに殴って、首を絞めた」

「いいよ。もういい」

ごめんね。彼の言葉の意味が、よく分からなかった。彼が私に謝る道理なんてないのだ。私は騙《だま》されていた訳ではない。でも次の瞬間に気がついた。彼はきっと、誰かに殺意を持った事に関して、私に謝ったのだ。殺意を持たれた側であった私と反対に、殺意を持った側であった彼は、その対象者であったかつての私に、謝ったのだ。そう気付いた瞬間、何故かすっと、嫌悪感が消えていた。


　本当はずっと一緒に居たいんだ。彼がそう言って力を込める両腕の中で、ずっと一緒に居ても何一つ良い事なんてないのにと私は思っていた。タクシーの捕《た》まる大通りまでの短い道のりの途中、駐車場の傍で弘斗に引き止められてもう数分経っていた。

「もう行こ」

　弘斗の胸に両手をあてて、軽く押し返す。

「また今度、二人で会おう」

「いつ会える？」

「メールする。ホテル取るから、ゆっくり夕方くらいから、ご飯食べよう」

私の髪に顔を埋め、好きだよと呟《つぶや》く弘斗を抱きしめながら私は、この人と簡単に別れる事は出来ないかもしれないと思っていた。弘斗の頬に手を当てて目を覗き込むと、彼は落ち着いたような表情を見せ、ごめんと呟いた。

「酔った？」

「ごめん。外では駄目って言われたよね」

「飲ませ過ぎちゃったね。ごめん」

「多分、普段は抑えてるんだ」

「お酒を飲むと、本音が出たり、普段せき止めているものが爆発したりってよく言うじゃない？　でも本当は、本来の自分が出てるんじゃなくて、もっと何か、何かに乗り移られるっていう感じに近いと思うの。もちろん、その乗り移るものを本来の自分と定義するか、自分とは別のものと定義するかの違いかもしれないけど。私は酔っぱらってる時、誰かに乗っ取られてるような危機感を持つの」

「俺も危機感を持ってるよ。このままカナさんを連れてどっかに行っちゃいそうだから。でもそれが本来の自分じゃない別の何者かだとは思わない」

「今私たちが盛り上がって駆け落ちしたって、すぐに経済的に立ち行かなくなって破《は》綻《たん》するよ。そんな終わりの見えてるゲームにお互いの人生を投資しても無意味でしよ」

俊が幼かった頃、彼がぐずったり泣いたり怒ったりすると、私はよくグラフを作って説得した。このグラフの赤い部分をあなたは泣いたりぐずったりに充てている、もしもこの無駄をなくしてやるべき事を今すぐに終わらせれば、あなたはテレビを十五分多く見れるし、あなたの好きなカーズの絵本が二話分読めるのよと言うと、時間の概念すらあやふやだった俊は素直に言う事をきいた。あの時私は、どうしてこんなあたり前の事を一々説明しないとならないのかと子供の物分かりの悪さにうんざりしていたが、今弘斗を説得している自分は、何かひどく狡《ずる》い理論を用いているような気がするのが不思議だった。私は自分が向き合いたくない我が子や弘斗の面倒臭い感情を、効率性や合理性を盾に無視しているのではないだろうか。大通りでタクシー拾おう、と言うと、弘斗は素直についてきた。すぐに捕まえたタクシーに乗り込んで、彼のマンション近くの公園の名前を告げ、一人降りた後港区の方にと言う。港区先に行った方が早いですよと言う運転手に、いいんですと答える。タクシーが走り出すと、黙り込んでいた弘斗は私を覗き込んだ。

「俺はずっとカナさんの犬でいるよ」

「犬？」

「カナさんは俺に社会性のある自立した男になってもらいたいって、本気で思ってるんだろうけど、性的な意味では俺を奴隷《どれい》にしたいと思ってるんだよ。前者の希望は親戚《しんせき》として、後者の希望は女として」

不意打ちのように唐突な指摘に、私は眉《まゆ》を上げる。

「カナさんが狡いのは、そうやって俺の事を自分の息子みたいに思ってくれて、性的な関係も受け入れるくせに、恋愛っていう土俵には上げない所だよ」

ヤリ捨てされた女の子の恨みがましい台詞《せりふ》のようだったけれど、彼の声は穏やかで、まるで自分の話している事を何とも思っていないかのような口調だった。これがメールで伝えられた言葉だったとしたら、私は嫌悪感を抱いたかもしれなかったけれど、その穏やかな声と緩やかな言葉の流れを体で受け止めながら聞く分には、むしろ私は彼の言葉を心地よくすら感じた。

「私は私なりに弘斗の事が好きで、そのことに戸惑ってる」

彼の髪に指を這《は》わせ、首筋に手のひらをあてる。カナさんはこれから、旦那《だんな》さんの所に帰るんだね。彼の言葉に黙ったまま首を傾《かし》げる。彼が直哉の事を旦那さんと言ったのは、初めてのような気がした。夜、よく二人で飲むの？　帰宅時間が近いと、二人で飲む事もあるよ。ダイニングで？　それともソファで？　ソファの方が多いかな。

いつも、何飲んでるの？ 大体、ウィスキー。飲んだ後は、一緒に寝るの？ ううん。二人とも、それぞれの寝室で寝る事が多いよ。直哉さんの事が好き？ 好きだよ。俺の事は？ 好き。俺たちはいつまでこうしてられるのかな？ 私は彼の左手に右手を、右手に左手を置き、おでこにキスをした。私の首筋に頭を寄せ、ぴったりとくっつく弘斗を見て、ふと記憶の蓋《ふた》が開く。両手を摑《つか》んでおでこにキスをする、それは小さな頃俊がわがままを言ったり言う事をきかなかったりした時、注意した後に私が決まって取っていた動作だった。私はそれを思い出した瞬間、ビリヤードのブレイクで球が飛び散るように、頭の中でそれなりの形に整理されていた自分の思考があちこちに砕け散ったような気がした。

土日以外の、久々の休日だった。朝、俊を送り出した後、一時間半身浴をしてパックや角質ケア、リンパマッサージまでして、お風呂《ふろ》上がりに歯のホームホワイトニング用のマウスピースをはめ、化粧水、美容液、クリームを顔に塗り込み、普段はおざなりになってしまっているボディクリームもたっぷり塗り、仕上げにふくらはぎにプロディジーオイルを塗り込んだ。マウスピースを外すと、グラスとタブレットを持ってベランダに出て、バーチ材と麻布で出来たビーチチェアに横になってタブレットでニュースを見ながら煙草を吸い、ペリエを飲む。昼ご飯はどうしよう。近くのカフェにでも行こうか、それとも久しぶりに自分で作ろうか。キャベツとベーコンでシンプルなペペロンチーノ、アンチョビとタマネギのパスタもいいかもしれない。今晩は、夕飯も私が作ろう。イギリスの記憶が蘇《よみがえ》る。仕事に就く前の、イギリスにいた頃の私は、毎日料理を作っていた。日本では見た事がないような目新しい食材を手に入れ、新しいレシピを探すのはとても楽しかった。勝手が分からずよく失敗しては、直哉と美味しくない料理を食べて笑っていた。今、日本でここまでどっぷりと仕事に浸《つ》かりながら、私は時々あの専業主婦の体験を思い出す。イギリスで仕事に就りない状況には疑問を抱いていたけれど、別に私は仕事をしてないと生きていけないというタイプの人間ではない。でも、ワーカホリックの人の気持ちが今は分かる。仕事というのは麻薬のようなものだ。充実感と達成感と金をもたらし、すればするほど人から賞賛される麻薬なんて、ハマらないわけがない。専業主婦の頃も、ある一定の充実感はあった。でも、毎日延々と続く家事と育児は、達成感をもたらさなかった。大きな仕事が終わったとか、ずっとこの人と仕事をしたいと思っていた人との仕事が実現したり、これまでとは違う毛色の仕事のオファーがきたり、この仕事をしていると新しいものや人との出会いが日常に小さく組み込まれていく。でも家にこもって家事と育児だけをして息子の成長と今晩の夕飯だけを楽しみに生きていると、この日常は自分が死ぬまで続いていくのだと感じた。そしてそれは私にうっすらとした絶望と不能感をもたらした。でも同時に思う。仕事をする事で薄れているけれど、着実にその絶望は継続してもいるのだ。仕事というのは、いわばその絶望を直視しないための一つのファクターという役割が実は一番大きいのではないだろうか。そこまで考えると、私は今自分のやっている全《すべ》てが無意味な事でしかないように感じられて、でもそこに意味を求めて何になるのだろうと卑屈な気持ちにもなる。人は産まれてから死ぬまでの間に勉強をして社会に出て仕事をして、社会を回す一つの小さな歯車となり、その仕事で得られたお金で子供を育て教育し、新たなる小さな歯車を社会に送り出すという仕事をこなしたりもする。延々と続いてきた現象だ。ただ現代に於《お》いては、その現象が細分化され言語化され尽くしてしまったために、そこに空疎《くうそ》さを見る事すら禁じられているかのような空気が出来上がってしまった。皆虚無で、虚無である事が当然で、だからそんな事に言及するのは無意味で馬鹿《ばか》げてる。そんな価値観が、現代に於いては当然の事として浸透してしまっているように感じられる。

ペペロンチーノにしよう。タブレットをビーチチェアに残してリビングに上がると、後ろからバイブ音がした。振り返って携帯を取ると、待ち受け画面にメッセージが浮かび上がっていた。「明日発売の週刊ラボに掲載。見たい？」惇からだった。見せて。と一言入れると、すぐに画像が送られてきた。写真の画像が一枚と、記事の画像が一枚だった。大きな扱いでない事にほっとしながら、私は画像を眺めて思わず笑ってしまった。一週間くらい前から何度も週刊ラボの記者だという人から仕事用のアドレスにメールが届いていたし、前に所属していた事務所のチーフ、惇、美由起、あちこちから載る載ると連絡があった。見出しは最悪で「高岡惇　人妻スタイリストとの熱い夜」だった。惇の事務所のコメントとして「彼女は仕事でお世話になっているスタイリストで、この日は他の友人らを交えた会でした」と書いてあるものの、写真は泥酔《でいすい》した美由起をタクシーに乗せた後、二人でタクシー待ちをしている所で、タクシーに手を挙げる惇の後ろに、仕事道具を詰めたスーツケースを引いた私が待っているという、これから二人で乗るかのような印象を残すものだった。私の名前も入っておらず写真には目隠しも入っている。手つなぎや路チューではないし、大した話題にはならないだろう。でも、私が人妻である事を証言している人の台詞や、この写真の一分前までは美由起がいたにも拘《かかわ》らず二人で店から出てきたと書いている辺りに、うんざりする。写真週刊誌に書かれている事の六割は事実ではない。それは私がこれまで芸能関係の仕事を続けてきた中ではじき出した、かなり正確な割合だと思う。この写真だって、私が先にタクシーに乗り込んでいれば、撮られたのは美由起だったのだ。写真週刊誌の意味は写真にしかない。文章の記事はほとんどが証言者と記者の妄想と思い込みで書かれているけれど、写真は嘘《うそ》をつかない。私と惇が恵比寿《えびす》の交差点で二人でタクシーを待っていた。それは事実で、この写真はその事実だけを浮かび上がらせている。この前に何があったのか、この後に何があったのかは本人にしか知りようがないけれど、この瞬間二人がこうしてここに居たという事に嘘はない。そういう意味では、写真というのは揺るがしようのない事実を鮮明に浮かび上がらせる、暴力的な力を持った表現だと言えるだろう。私は再び震え始めた携帯をタップして電話に出た。

「ごめんねカナ。ほんと申し訳ない」

「大丈夫だよ。旦那には話してあるし」

「旦那さん何か言ってた？」

「私たちのスリーショット撮って惇のブログに上げてもらえばって笑ってた」

「スリーショットやろうよまじで。まー旦那さんも業界人だもんな。とりあえず人の家庭の平和を乱す事にならなくて良かったよ」

「業界と言えば、業界か。ま、こっちは別に問題ないから」

「やっぱこういうカメラマンってすごいよな。二人が向かったのはラブホテルだった、って書かれててもおかしくない雰囲気じゃない？」

「まあ、楽しそうではあるかもね」

私には目隠しが入っていたものの、何か話しながら笑っているような写真だった。

「所でだけど」

「うん？」

「彼は知ってるの？　この記事のこと」

惇は、そういう事に気がつく人なんだと改めて思う。彼自身、モデルだった頃、結構長く人妻の女優と付き合っていたからかもしれない。

「まだ言ってないけど、次会った時に軽く話そうとは思ってるよ。だってこれ、私の名前も出てないし」

「そうだけど、俺のスタイリストって書いてあるから。雑誌のクレジットとかからバレてネットとかで名前が出る可能性もあるし、一応、言っておいた方がいいんじゃないかって思ってさ」

うーん、と呟いて、私は弘斗の言葉を思い出す。彼女をレイプした奴を半殺しにした。私から見える弘斗は、そんな危ない事をするような男ではない。でも、彼の言葉はきっと事実なのだ。

「実は」

「うん」

「彼、アメリカで暴力事件を起こした事があるみたいで」

「何だそれ。大丈夫なのかそいつ？」

「うん、まあ別に、凶悪事件みたいなものじゃないだろうし、詳しい事は聞いてないんだけど、やっぱり前もって話しておいた方がいいのかなって」

「うん。俺は言っといた方がいいと思うな。普通の人が見れば、勘違いするかもしれない記事ではあるから」

「そうだね。何か、わざわざありがと。撮られたのが惇で良かったよ。今度は美由起じゃなくて私を先にタクシーに乗せてね」

「でもそしたら美由起と俺が撮られて、俺すげー女たらしって事にされんじゃね？」

「人妻スタイリストよりバイのヘアメイクの方が面白いんじゃない？　話題性もあるし」

「いやいや、人妻も充分話題性あるから」

　笑って電話を切ると、私は携帯を持ってキッチンに立った。惇に言われると、途端に弘斗の事が気になってくるのが不思議だった。一瞬、今この家には誰もいないのだと考えている自分に気付く。今電話をして一緒に家でご飯を食べないかと誘えば、弘斗は素直にここに来るかもしれない。俊はサッカーの練習で六時まで帰って来ない。直哉は恐らく、十二時前にここに帰ってくる事はない。悪魔にそそのかされるとはこの事かと、一瞬だけ魔が差した事に感心する。私にも、まだ悪魔にそそのかされる伸びしろがあるのだ。

八十グラムのスパゲッティを茹《ゆ》で、幅七ミリで細長く切り分けたブロックベーコンと三センチ四方に切り分けたキャベツで、きっちり一人分のペペロンチーノを作り、ビールと一緒にベランダに持って行き、一人で食べきった。自分一人が、自分一人のために作った一人分のペペロンチーノを、自分一人で食べきったというそのすっきりとした現実に、私は満足していた。夫と子供と不倫相手、その全てを一度に失ったとしても私は一人で粛々と生きていくだろう。それは私にとって辛い事だろうが、その辛さの原因ははっきりしていて、はっきりしている分そこまでの絶望はないだろう。空の皿に鷹《たか》の爪《つめ》の輪切りが三つと薄切りのにんにくが一枚へばりついているのを見つめながら、缶ビールを飲み干した。部屋に戻りもう一度、携帯を取り出してパスコードを入力する。ＳＮＳのメッセージを表示すると、惇から送られた写真を拡大する。

言われてみれば確かに、私たちは仲の良いカップルに見えなくもなかった。その画像と記事を繰り返し眺め、私は新規メールを書き始めた。「明日発売の写真週刊誌に、仕事相手の俳優と二人の所を撮られた写真が載ってるんだけど、ただの友達で何でもないから、気にしないでね」。自分の打っているメールを何度読み返して何度修正しても、何かがおかしく感じられた。私は携帯を片手にゆうに二十分ほど悩んで、メールを送らないまま携帯をテーブルに置いた。この事を話すのは、次に会った時でいい。そう決めた後も、何となく心残りがあった。タブレットで惇の名前を検索すると、まだ発売日前だというのに不倫や人妻という文字が浮かび上がった。私の名前がネット上で特定されるのも時間の問題だろう。何か一言言及しておいた方がいいんじゃないか。何度もちらつく不安を無視するように、私はタブレットをロックして、読みかけだった本を持ってまたベランダに出た。

　見たよー、週刊ラボ。大丈夫なのー？　今人気の俳優なんでしょ？　やっぱり業界にいると大変ね。電話に出た途端一気に話す姉にぎょっとする。週刊誌を読みそうな人ではないのに、どうして知っているのか。昨日から今日にかけて、仕事関係の人が数人、撮られたみたいだけど大丈夫？　と連絡してきたけれど、仕事関係以外の人がその話を振ってくるとは思っていなかったのと、弘斗に話してやいないだろうかという疑心の中で動揺していた。

「大丈夫だよ。惇って、元々私のいた事務所に所属してたモデルだったの。その頃からの付き合いで、みんなでよく飲みに行くの。この時も他に元同僚のヘアメイクの子がいたんだけどね」

「へー。やっぱり週刊誌に書いてある事って嘘が多いのね。直哉さんは大丈夫なの？」

「うん。直哉も何度か会った事あるし、信用してくれてるから。ていうかお姉ちゃん、どうして週刊誌の記事の事なんて知ってるの？」

「ネットでニュースサイト見ててね、ほら高岡惇って人のスタイリストやってるって前に聞いてたから、人妻スタイリストと不倫、て見出し見て、えって思って。でも画像検索してみたら本当にカナだったからびっくりしたわよ」

「あれ、私だって分かる？」

「まあ、カナの事知ってる人だったら分かるでしょ」

「そっか。あんまりこの話、お母さんとか、吉岡さんとかにはしないでもらいたいんだけど」

本当は、弘斗にしないでくれと言いたかったけれど、その名前を出すのが怖かった。

「別に、何でもないんでしょう？　誰もカナが俳優と不倫してるなんて思わないわよ」

私は、姉が私と弘斗の関係に感づいているような気がした。いや、感づいてはいなくとも、牽制《けんせい》されているような、そんな気がした。

「それはそうだけど、やっぱり自分の写真が週刊誌に載ってるなんて、気分がいい事じゃないから」

「それはそうよね。ま、皆すぐに忘れるわよ」

電話を切った後、途端に不安になった。当然、ネット上では惇のファンが騒いでいるだろうし、姉までもがネット上で記事を見つけ、写真に写っているのが私だと分かったのだ。キッチンに行き、グラスに氷を入れマッカランを注ぐと、タブレットを手に取り、「萩尾《はぎお》有生《ゆうせい》」と打ち Google の検索ボタンをタップした。これまでも、思い出す度この名前を検索してきた。出て来るのは昔の新聞記事だけだった。珍しい名前だから、こんな前科のある人が本名でＳＮＳをやったりはしないだろう。出所して、きっともう四年以上が経つ。当時、私は彼を服役させる事を望んでいなかった。彼の刑期が長ければ長いほど、その間刑務所の中で彼は私への憎しみを募らせ続けるような気がした。彼が野に放たれたままの方が、新しい彼女が出来たり、他に楽しみを見つけたり、そういう別の所に目がいき私の事を忘れてくれるような気がしたのだ。彼が刑期を終えた頃からざわざわとした不安感が芽生え、それは今も私の心のどこかで、微《かす》かな音をたてている。もしも彼がまだ私を恨んでいて、私を探しているとしたらと考えると、今回の週刊誌の件は私の心に一層深い影を落とした。

携帯を手にして、連絡先のアイコンをタップする。誰かと話したかった。弘斗の名前を見つめてしばらく悩んだ後にスクロールする。昨日話したばかりなのに、惇の名前で手が止まり、通話ボタンをタップしていた。

「もしもしカノ？」

「今話せる？」

「うん。もう家に帰ってるよ」

「意外と反響があるものだね」

「何か不安な事、ある？　俺に出来る事なら何でもするよ」

「大丈夫。何かちょっと、誰かと話したくて」

「彼には、話した？」

「話してない。何か、うまいメールが書けなくて。でもさっき、彼の母親から連絡があって、記事見たって」

「何か、緊張感あるなそれ」

「惇みたいな男だったら楽だったのに」

「うん？」

「不倫相手が惇みたいなどうでも良い感じの男だったら良かったのにって」

「どうでも良いってひどくない？」

「そうじゃなくて、私の事をセフレの一人くらいに思うような男って事」

「でもさ、俺が誘ってたとして、カナは俺とヤッたのかな？」

「あ、ヤらないよね。そっか、て事は、そもそもそういう男だったら、っていう想定が意味ないよね」

「じゃあさ、もし俺が好きなんだ、って本気で迫ったらどう？」

「うーん。やっぱ人妻だしそういう重いのは無理かもね」

「じゃあ何で、彼とはしたの？」

何故《なぜ》なのだろう。そもそも、初めてセックスをしたあの時の条件が何か一つでも違えば、私はセックスをしていなかったような気がする。何か、複雑な知恵の輪が、落とした瞬間偶然するっと外れてしまったように、事故のように彼を受け入れてしまったのだ。これまで、強烈に不倫をしたいと望んだ事もなかった。日常に蝕《むしば》まれる不快感はあったけれど、現実には何の不満もなかった。今だけ。彼はそう言った。そして私は、あの時だけのつもりだった。不倫しているのに、不倫している気になれないのは、あの始まりの時に言われた言葉が原因かもしれない。私は、弘斗と抱き合ってセックスしている時だけ、不倫している。例えば弘斗と離れている今、私は弘斗の事を想《おも》ったりはしない。だから意外と、惇が同じように迫ったら、私はまた普通に受け入れるのかもしれない。そして今だけ、と思いながらセックスするのかもしれない。

「何か、条件が揃《そろ》ってたからかな。条件とタイミングが揃ってたら、相手が惇でもヤッてたのかもね」

「じゃあ今度口説いてみよっかな」

「あんたとヤリたい女なんてごまんと居るのに」

「俺と寝たい女たちと手当たり次第寝る訳にはいかないからね。売名目当ても多いし、週刊誌とかSNSも怖いしさ」

「俺はヤリたい女とヤルってスタンスじゃなかったっけ？」

「何か最近自分の市場がでかくなった事が重荷でさ。どこ行っても顔バレるし、疑心暗鬼にもなるさ」

「ふうん。もっと奔放にやってるのかと思ってた」

「俺も俳優だからね。奔放な自分を演出ですよ」

演出ですか、と笑いながら、随分と気が楽になっている事に気がついた。惇は今も、私の求めるキャラを演じているのかもしれない。俳優という職業の、底の知れない不気味さに触れたような気がした。

「カナって、永遠にブログとかしない派じゃん？　そういう女の人と付き合ったら楽だろうなって最近しみじみ思うんだよ」

「著名人の病だね。私は写真とかブログが嫌いなんじゃなくて、怖いの。いつか色々私の情報が特定されて、また探し出されて刺されるんじゃないかって、どっかで不安なの」

「なあ、そのストーカーって、今どうしてんの？」

「知らない。たまに名前でググってみたりするんだけど、もう共通の知り合いもいないし、全然分からない」

「俺の知り合いで興信所で働いてる奴いるんだけど、調べてもらおうか？」

「いい。いいの。何かそういう事したら、逆に私とその人の線を繋《つな》いじゃうような気がするっていうか、何かそういう線が出来るのがもう嫌なの。このまま、何もなければないまま、自然にその人の事を考えなくなるようにしていきたいの。興信所に頼んで、その人が今どこで何をしてるかは分かっても、その人が今私の事をどう思ってるかまでは分からないんだし」

「そりゃそうだけど。まあ、気が変わったらいつでも言って。あと、何か他にも俺に出来る事があったら言って」

「まあ、近々また美由起と飲もう。ほんと言葉通り、息抜きがしたいよ」

「じゃあ、今度は上手《うま》くやろうな」

電話を切ると、私はソファに横になった。ウィスキーグラスが汗をかき、ガラステーブルに水滴を落としているのが見えた。明日は、女優の秋山莉子《あきやまりこ》のプロデュースしたセレクトショップのオープニングパーティだ。そう思い出した途端、どっと肩が重くなった。私は、この業界には向いていないのかもしれない。これまで何度も思ってきた。でもよく考えてみれば、私はそもそもこの世界に生きながら、人にしても場所にしても学校や仕事にしても、何に対してもしっくりきた事がない。つまり私は、この世界に向いていないのかもしれない。

待ち合わせ時間の十分前に到着して、まだ彼が現れていない事に安心する。メニューに視線を走らせてグラスシャンパンを注文すると、私は大きく深呼吸をした。何となく床が油っぽいような気がして、パンプスのつま先を床にこすりつける。バッグの内ポケットに入っているパウダーのコンパクトを開いて目元を確認する。アイラインの滲《にじ》みを人差し指で拭《ぬぐ》い、バッグを閉める。シャンパンのグラスがくると、私はようやく落ち着いてただ飲む事だけに集中する事が出来た。明日初めて行くスタジオの地図を携帯で確認していると、こちらです、と店員の声がして顔を上げる。

「待った？」

「シャンパン半杯分ね」

お待たせしました。と笑って、弘斗は私の向かいに腰掛けた。すごい作りだねこのお店。という言葉に、そうでしょ、と笑う。全個室で、全ての個室が離れのような作りで、窓を開けると枯山水の庭園が見える。座敷席とテーブル席が選べ、料理も完全な和ではなくフレンチやイタリアンなどの要素を取り入れている店で、前の事務所の社長が社員を集めて懇親会に使った時に初めて知った。開けていい？と無邪気に言う弘斗に頷《うなず》くと、彼は障子を開けてすごいね、と声を上げた。枯山水の砂紋には仄《ほの》かに照明があてられていて、京都のお寺にでもいるような景色だった。

「この間はごめんね」

「酔っぱらって？」

「そう」

「いいよ。私が若い頃なんてあんなもんじゃなかったよ」

注文を終えて、やってきたワインで乾杯すると、私は唐突に緊張した。やっぱり、敢《あ》えて自分から言う必要なんてないんじゃないだろうか。そう思いながら、ため息をついて外を見やる。弘斗は薄いブルーのニットの上に羽織っていた薄手のジャケットをようやく脱ぎ、椅子《いす》の背にかけた。

「弘斗って、着るものはどうやって選んでるの？」

「適当だよ。友達が働いてるショップの物が安く買えるから、そこで買う事が多いかな」

「そう。いつも、よく似合ってるから」

「ありがと。カナさんは、スタイリストだからかもしれないけど、何ていうかすごく支配的に服を着てる感じがするよ」

「支配的？」

「服に着られてもないし、選ばれてもない。カナさんが強い意思を持って服を選んで、身につけてる感じがする」

「初めて言われたな」

「俺には、カナさんは結構、あらゆるものに支配的に関わってるように見えるよ。直哉さんとか仕事、もちろん俺に対しても。関係をコントロールしてる気がする」

「そんな事ないよ。私は自分の人生をコントロールしたいと思ってるだけだよ。仕事はともかく、他人をコントロールしたいと思った事なんてない」

「カナさんのやり方はね、相手にその道しかないと思わせるやり方なんだ。相手の自尊心を傷つけずに自分の言いなりにさせる」

「私は何か、弘斗を支配してる？」

「俺も服も、多分直哉さんも、進んでそうしてるんだ。進んで支配されてる」

最近同じような事を誰かに言われたような気がして、私は惇の言葉を思い出す。甘えないし、甘えさせない、特別扱いしないし、特別扱いさせない。夫との関係について惇はそう言い、私は恋愛不適合者だと締めくくった。彼らの言葉に嫌な気はしないが、どこか誤解されているように感じる。他に何か言っていただろうかと惇の言葉を思い出そうとしていると、弘斗はテーブルに肘《ひじ》をついて私を見つめた。真《ま》っ直《す》ぐ向けられた視線につい目を逸《そ》らす。

「見たよ」

「え？」

「週刊誌」

「ああ、お姉ちゃんが言ったの？　ただの仕事相手だよ。高岡惇は」

「そう？」

「そうだよ。だってあれ撮られた時、直前までもう一人の仕事仲間も一緒だったんだよ？　あの後私一人でタクシー乗り込んだし。だから二人でどっかに行ったっていうのは嘘だからね」

「そうなんだろうね」

「何？　その言い方」

「カナさんが嘘をつくわけないよ。でもカナさんあの写真で、直哉さんといる時とも、俺といる時とも違う、すごく明るい顔してた」

「あんな目隠し入りの写真で表情なんて分からないでしょ。酔ってたから、開放的な気分でいたのかもしれないけど」

「大丈夫だよ。俺はそこまで子供じゃない」

「そこまでって？」

「カナさんとか、相手の人を恨んだりするほど子供じゃない」

「高岡惇って、知ってるでしょ？ 今割と人気が出てきてる俳優で、人気が出るにつれてトーンダウンしたみたいだけど、一時はすごかったの。グラビア系からアイドルから女優から一般人までよりどりみどりって感じで。同年代だし、友達としては面白い人だけど、男としては最低だよ」

敢えてこんな事を言わなければならない訳ではないのに、言ってしまう自分が嫌になった瞬間、失礼しますと声がして障子が開いた。出された前菜に、美味《おい》しそう、と嫌な自分を忘れるように微笑《ほほえ》んでみせる。

「帰国してから結構疎《おろそ》かになっちゃってたんだけど、最近また英語とフランス語をしっかりやってるんだ」

「え？」

「直哉さんにもらった本読もうとしても、結構専門用語が多くて難しくてさ。色々原書で読んでおきたい本も多いし、海外の道も視野に入れて、建築の用語はしっかりマスターしようと思って」

「留学する気、ある？」

「まだ本格的には考えてないけど、とりあえず向こうで勉強する下地は作っておこうと思って」

「前にも言ったけど、費用はいざとなれば直哉が立て替えてくれると思う。気分的に嫌なのは分かるけど、もしその気になったら言ってね」

「まだ全然、分からないんだ。とりあえずの下地作りだから」

「何か必要な事があったら言ってね。私じゃ頼りないけど、建築に詳しい人も何人か知ってるし、イギリスには知り合いも多いし、何か聞きたい事とかあったらいつでも言って」

ありがとう、と少し困ったように笑って、弘斗は白身魚の刺身に箸《はし》を伸ばした。こうして隠れ家的なレストランで人目を避けて二人きりでお酒を飲んでいるというのに、私たちは恋愛関係にあるような気がしなかった。やっぱり弘斗は若くて、私の見ているものと弘斗の見ているものの違いは大きいような気がした。これまでの男に対して抱いてきた気持ちと、弘斗に対するそれとの違いは、尊敬の有無なのかもしれない。仕事を持っていない男を、女は尊敬出来ないのかもしれない。例えば我が子を尊重する事は出来ても、小さい内は尊敬する事は出来ないように、私は弘斗の事を尊重してはいるけれど、尊敬はしていない。専業主婦や小さな子供に対して抱くような、この人は無力なのだ何も特別な能力は持っていないのだという先入観にそれは近い。考えれば考えるほど、私は弘斗を男として認識出来なくなっていく。不意に、惇を思い出す。私は彼をリスペクトしている。美由起のこともそうだし、もちろん直哉もそうだ。私は弘斗に、そういう何かのプロとしての立場を持ってもらいたいのだろう。だからこんなに成熟を急《せ》かし、留学を勧めているのだろう。私は弘斗に、私の知らない事をたくさん知っている人になってもらいたいのだ。そんな欲望を持っている自分がひどく傲慢《ごうまん》な人間に感じられた。そして同時に、弘斗は同年代の女の子と付き合うべきだという呆気《あっけ》ない結論が出る。弘斗は私を性的に圧倒する事は出来たとしても、私を精神的に圧倒するような力は持ち合わせていないに違いない。

「弘斗は、年上の女の人と長く付き合った事があるの？」

「あるけど、どうして？」

「年下とか、同年代の子と付き合ってる男たちって、全然違うと思う」

「俺の大学の友達みたいな感じだね」

多分ね、と笑って言う。きっと彼と同年代の男の子たちは、同年代、あるいは少し年下の女子高生なんかをナンパしたり、しょっちゅう飲み会をやったりして毎日を謳《おう》歌《か》しているのだろう。

「同年代の子が無条件に駄目って訳じゃないんだよね？」

「もちろん。でも何か、あんまり続かないんだ」

「私もずっと年上の人と付き合ってきたの。年下は弘斗が初めて」

「直哉さんとカナさんは何歳差だっけ？」

「十五歳差。彼との間に歳《とし》の差を感じた事は特にないけどね。知り合った頃は特に、もうおばあちゃんみたいな気分で生きてたし。三十まで生き延びて、あの頃よりむしろちょっと若返ったような気がするくらい」

「そんなに？」

「うん。ロンドンに行ってすぐの頃は本当に毎日粛々と勉強だけしてて、もういつ死の瞬間が訪れても驚かないと思って生きてたから。確か、渡英した二年後くらいに、ロンドンの地下鉄テロが起こったの。あの時、私はピカデリー線で起こった爆発の割とすぐ近くにいて、どんどんパトカーと救急車が集まってくるのを見てて。段々周りで、他の場所でも爆発があったらしいって情報が駆け巡って、同時多発テロだ、って騒ぎが大きくなって、ざわざわしてる人たちの中で、私は何か、死んだのは私なんじゃないかって、何でか分からないけどぼうっと考えてたの。自分じゃない他の誰かがテロで死んだなんて、何か信じられなかった」

あの頃、非合理的な感情を体内から消し去り、洗濯板でごしごし洗われた薄っぺらい布切れのようにぼろぼろになりながら、もういつ死んでも仕方ないし、そのいつかやって来るであろう死には抗《あらが》いようがないのだ、と私は思っていた。死ととても近い所で生きているような気がしていたから、私は身近で起こったテロで、自分がテロで死ぬなどと考えていなかったであろう人々がたくさん死んだのだという事実を中々理解出来なかった。死ぬとしたら私だ。何故かそんな風に考えていた。

「私はあの時、刺された時殺されてるべきだったのかもって思う」

「殺されたかったって事？」

薄「そうじゃないけど、あの人が全て捨てるつもりで刺したなら、私もそこで全てを終えるべきだったんじゃないかって、思う時があるの。この人にならされてもいいって、あんなに思い続けたんだから、運命的にはあそこで死んでた方が理にかなってたんじゃないかって。もちろん私には今の現実があって、それとは別次元の話だけど」

軽「そうだね。カナさんは、殺されるべきだったのかもしれない」

弘斗が殺そうとした男は、今どこで何をしているのだろう。国籍は、人種は、一体どんな男なのだろう。彼は箸を向けていたお皿から視線を上げ、くるっと左を向いた。開いた障子戸の向こうに広がる雨上がりの庭園を見つめる彼の目はどこか心細げで、背が高いだけで何の社会的立場も拠《よ》り所も持たないまっさらな若者を、彼は全身で体現しているように見える。

「でもカナさんは生き延びた」

彼は外を見つめたまま言う。

「誰かに自分の人生を終わらせてもらう事はもう出来ないんだよ」

甘える子供を振り払うような、そんな口調だった。私は、甘えたりすがったり、していたわけではない。でも彼の言葉にショックを受けている自分に驚いていた。

「そんな事、望んだ事ない」

「望まないけど殺されたかったんじゃないの？　同じように、カナさんは俺に犯される事を望んでなかったけど、やられたかった」

弘斗の視線の強さに気圧《けお》されるように、視線を窓の外にやる。

「カナさんは、何も望まずに全てを手に入れた。旦那さんも子供も、俺の事も、望まずに手に入れた」

「私はずっと前からここに立ってた。ここに立ってたら、直哉と俊がやって来て、弘斗がやって来た。電車に乗って流れる景色を見てるみたいに、私は一歩も動かないで皆を見てるだけ」

私は一切能動的ではない。だから、いつか皆が私の前から居なくなるような気がするのだ。そして居なくなったとしても、電車に乗っている私は、彼らを追いかける事は出来ない。そしてこの電車の辿《たど》り着く先には、誰も、何も待っていないのかもしれない。

「誘蛾《ゆうが》灯《とう》みたいだね」

「そんな言葉知ってるんだね」

「抵抗出来ない力で引き寄せられて、高圧電流に触れる直前の所に立たされてる気がするよ」

テーブルの上に置かれた彼の左手を右手でぎゅっと握りしめてばしん、と言うと、彼は綺《き》麗《れい》なシンメトリーの顔を和らげて笑った。

「あと一歩踏み出したら丸焦《こ》げかな」

でも今は何も怖くないんだ、微笑みを浮かべたままそう続ける彼の顔からは何の感情も読み取れなかった。私はそんな彼から目を離せないままじっとその表情を見つめ、食べ終わったらホテルに行こうと言う。

直哉さんは何て言ってるの？　あの週刊誌の事。彼は馬乗りになって自分のニットを脱ぎながら聞いた。

「笑ってた。そういう業界だからしょうがないなって」

彼の両膝《りょうひざ》が私の両脇《りょうわき》を沈めている。下に着ていたタンクトップも脱ぐと、彼は私に顔を近づけあと十センチの所で右手を私の頭から頬になぞらせた。

「俺は殺してやりたいと思ったよ」

「誰を？」

「カナさんか、相手の男か、分からないけど」

カナさんや相手の男を恨むほど子供じゃない。つい二時間前にそう言っていたはずだ。私を肉体的に制圧しながら初めて殺意を告白した彼は、若い女の子のように狡猾《こうかつ》に見えた。ホックを外したブラジャーの隙間《すきま》から手を入れて胸を愛撫《あいぶ》しながら、彼は舌で私の口を開かせる。彼の髪の毛を撫《な》でながら目を開き、私は唇を離した彼をじっと見つめる。

「誰かに自分の人生を終わらせてもらう事は出来ないって、さっき言ったよ」

「俺はカナさんが望むなら何でもするよ。カナさんを殺す事も、他の誰かを殺すのも、何でもする」

「そういう事言わないで」

「引く？」

「引く」

「いいよ。どうせカナさんはいつか俺を捨てるから」

これ以上喋《しゃべ》りたくなかった。彼は私の気持ちを察したのか、黙って私の服を乱暴にはぎ取った。後ろから挿入されて、揺れる乳房を後ろから伸びてくる指先で弄《もてあそ》ばれながら、クリトリスに手を伸ばす。三ヶ所の刺激が一点に集まって積もり積もってはち切れるようにして私はイッた。弘斗と初めて寝てから、二ヶ月半が経《た》つ。弘斗とセックスをする度、快感が増して行くのを感じる。回数を重ねた事で、彼が遠慮しなくなってきたのもあるかもしれないし、私の緊張が解けてきたせいかもしれない。そして快感が強くなればなるほど、私はこの人と関係を続けて行く事は出来ないだろうという思いを強くしていく。正常位になると彼は私の膝頭を掴んで激しく突きながら私を見下ろし、私は羞恥心《しゅうちしん》から両腕を目元にあてる。離された膝頭がふっと重力に戸惑っていると、彼は両手で私の腕をほどいた。強い力で両腕を掴みベッドに押し付ける彼は激しく突きながら目開けてと言って、薄く開いた目と目が合った瞬間顔を歪《ゆが》めてイッた。膣《ちつ》の中の痙攣《けいれん》を感じながら、何故か私は弘斗との関係の終焉《しゅうえん》を追体験したような気持ちになった。

弘斗といると、自分のなりたくない自分になってしまう。そう思ったけれど、同時に、私は弘斗といる間どこか自分のある部分が解放されているのを感じていた。家庭の中で、仕事場で、緊張感に包まれながら作り上げられていく関係性の中で鎮《しず》められていくもの。そういうものから解放されていく感覚がある。それは、彼がまだ何も持たない、何の役割も持たないまっさらな人間だからなのかもしれない。

「今日は何時に帰るの？」

「十二時前に帰れば大丈夫だけど」

「じゃあ、まだ大丈夫だね」

後ろから抱きしめられながら、うんと答える。時計を見ながら、横山さんの体調不良の話を思い出す。来週検査をしに行くと言っていた。ベッドから手を伸ばし、パンツを探す。ベッドの下に落としたと思っていたパンツは見つからず、私は掛け布団《ぶとん》の下をまさぐりながら、そこにゴムの袋を見つけてサイドテーブルの近くにあるゴミ箱に投げ捨てた。

「弘斗って、いつもゴム持ち歩いてるの？」

「持ち歩いてるけど？」

「色んな人としょっちゅうしてるってこと？」

「今はカナさんだけだよ」

「なのにいつも持ち歩いてるの？　それって普通のこと？」

「女の人とする可能性のある男は、マナーとして持ってるものなんじゃないの？」

　ふうんと言いながら、私の世代とはセックス事情が大きく変わったのか、それとも弘斗がアメリカで積み重ねた経験のせいなのか、分からないけれど違和感が残った。直哉の前に付き合っていたイギリス人の男性は、確かに日本人の男よりはその辺りの意識がしっかりしてはいたけれど、付き合い始めてしばらくするとピルを勧めるようになったし、こういう潔癖な印象を残すような感じではなかった。

「それに、カナさんが持ち歩く訳にはいかないでしょ？」

　まあねと言って、ようやく見つけたパンツに足を通す。シャワーでも浴びようかなと言いながらベッドから出ようとすると、弘斗に手を引かれた。手を引かれて抱きしめられて、抱きしめ返しながら私は人差し指に弘斗のくたっとした髪の毛を巻き付ける。

「セックス以上にカナさんを強く感じられる事ってないのかな」

「結婚は出来ないしね」

「叔姪婚《しゅくてつこん》は、ドイツでは今も合法だし、日本でも禁止されたのは割と最近の事だよ」

「しゅくてつって言うの？　よく知ってるね」

意外な単語に思わず笑ってしまう。

「カナさんと俺が結婚出来るのかどうか調べたんだよ」

私は笑みを消し、弘斗の額から耳にかけて手のひらを走らせる。

「前に、私のために生きようと思ったんだって、言ったでしょ？　あれって、どういう意味？」

「そのままだよ。カナさんを好きになってなかったら、俺は今頃死んでたかもしれない」

「何かに絶望してたって事？」

「そうだね。絶望してた。人を好きになるって事が、生きる力になるんだって、初めて知ったよ」

「何に絶望してたの？」

「その頃何に絶望してたのかはもういいんだ。俺は今、新しい絶望にぶちあたってる所だからね」

「新しい絶望？」

「好きな人が他の男と結婚してて、離婚する気もなければ俺との関係を発展させていく気もなくて、いいようにこれから何回かセックスして捨てられるんだろうなって予測がつく絶望だよ」

「でもさ、私が離婚する気満々で、弘斗との関係をどんどん発展させていくつもりだったら、それはそれで絶望的じゃない？」

「どうしてそれが絶望的なの？」

「だって、私たちは結婚も出来ないし子供も作れないし……」

「結婚出来ないゲイのカップルとか、子供のいない夫婦とか、事実婚のカップルとか、そういう人たちが絶望的だってカナさんは思うの？」

「そういう事じゃない」

じゃあどういう事だ。結局、私が絶望的だと思うのはつまり、私自身が弘斗と一緒になる事を望んでいないという事、そして本質的には弘斗を受け入れる事を望んでいないにも拘らず、私が弘斗の都合の良い所だけ受け入れているという事だ。それを口に出す事が出来ず、口を噤《つぐ》んだ。でもそれを言うなら、私は直哉に対しても同じ事をしていると言えるのかもしれない。私は本質的には直哉の事だって受け入れていないのだ。恋愛感情だって特に持っていない。そういう点に於いて言えば、直哉も弘斗も、私にとっては同じような存在なのだ。でもそこで姉の存在や弘斗の未来などの些末《さまつ》な懸念《けねん》が入ってくるから、私はつい絶望的だと口走ってしまうけれど、絶望的と言えば、そもそも私が、この世界を生きている事こそが絶望的なのだ。この世で人切とされている事と、自分の大切に思うものの間に差がありすぎるのだ。結婚式や葬式、成人式などの意味も私には分からない。結婚式は見世物のようだし、自分が死んだら自分の関係者が自分を弔うために集うなんてもはや罰ゲームにしか思えない。誕生日パーティも嫌いだし、この間のようなサプライズ的なものも嬉《うれ》しくないどころか迷惑でしかない。

「もしも俺がこれから留学して、どっかで就職して稼げるようになったら、カナさんと一緒に暮らせない？」

「その時もし弘斗がまだ私を必要としてれば行ってもいいよ」

本当に？　と嬉しそうな声を出す弘斗に、私は複雑な気持ちになる。本当に彼は、その時まだ私を必要としている可能性があると思っているのだろうか。彼はただ単に幼いのか、あるいはどこか偏執的な性癖があるのか、判断しかねた。

「離婚もしなくていい、俊も連れて来ていい、何も捨てなくていい。ただ一緒に居たいんだ」

私は彼を、まだ大学生だからと無力で尊敬出来ない男だと思っていたけれど、彼の言葉を聞いている内、むしろこの人の中には無限の未来が詰まっているのだとその果ての見えなさにふらつくような感覚に陥る。それは、宇宙の果てについて考えるような果てしなさで、途方もないブラックホールに足を踏み入れるような不安をもたらした。

シャワーを浴びてパンツとブラジャーだけ付けると、ワイングラスを持ってソファに座る。十一時を回っていた。弘斗がシャワーから出たら私だけ先にチェックアウトしようと思いながら、ナッツをいくつか口に入れた。もう眠かった。今日は早朝から仕事で、四時間程度しか寝ていなかった。ソファに背をもたせていると激しい睡魔に襲われて、私は慌《あわ》てて身を起こしグラスからワインを飲み込む。シャワーの音が止まって、腰にバスタオルを巻いた弘斗が出て来ると、私はベッドの脇に落ちているニットを取りに立ち上がる。

「先に出るね。お金払っとくから、チェックアウトの時間まで寝ていったらいいよ」

「たまには、カナさんと朝まで一緒にいたいな」

「朝までなんて無理だよ。私は仕事でどんなに飲みに付き合わされても三時くらいまでには帰る事にしてるの」

「よくさ、ＡＶとかで人妻不倫温泉旅行とか、あるじゃない？」

「あるね」

「あの需要って全然分かんなかったけど、人妻の不倫相手と一日中、朝まで一緒に居られるって、特別な事なんだなって、最近初めて分かったよ」

確かにねと笑いながら裏返ったニットを戻していると、弘斗は後ろから私の肩を撫で、背中に手を滑らせてブラジャーのホックを外した。ちょっと、と笑いながら振り返ると、弘斗は飛んで来たバドミントンの羽を受け止めるようにキスをした。ベッドに倒され愛撫されている内に、私は抵抗を止《や》めていた。パンツを脱がされクリトリスを触られながら、ガーっというバイブ音に顔を上げる。サイドテーブルに置かれた私の携帯が振動していた。

「ごめん、帰る時間にアラームかけておいたの」

そう言うと、弘斗は手を伸ばして携帯を床のカーペットに置いた。ガーっという音が聞こえなくなり、弘斗はまた私の性器に手を伸ばした。もう帰らなきゃという言葉を無視して彼は中に指を入れた。強烈な性欲が強烈な眠気にとって代わり、体がよじれて、弘斗の腕を摑《つか》む。指が二本になってまたしばらく弄《いじ》られると、急激に膣が麻痺《まひ》していく感覚と共に水滴がシーツに飛び散る音がした。入れていい？　と聞かれて短く頷く。弘斗はまた思い出したようにサイドテーブルに置いてあったゴムに手を伸ばした。二度目のセックスはお互いの性器が馴染《なじ》んでいるのか、一度目よりも密着度が高いような充実感がある。現実と快楽の狭間《はざま》で何度も突き上げられて声を上げている内、帰らなきゃという思いが次第に永遠にこの快楽が続けばいいのにという思いに変わっている事に気付く。弘斗が右手の親指で円を描くようにクリトリスを触ると、耐えきれずにすぐにイッた。陰部に痺れが残ったまま体を起こし、弘斗の胸元に指を這《は》わせて押し倒す。騎乗位になって腰を動かしながら、弘斗と騎乗位でセックスするのは初めてだと気付く。自主性のないセックスをする事で、私は自分の罪を減免しているつもりだったのかもしれない。初めて能動的にする弘斗とのセックスは、激しい快楽を巻き起こした。弘斗が顔を歪めて息を止めると、動きを緩めて弘斗の乳首に舌を這わせる。ゆっくりと上に向かって首筋から唇に到達すると、舌を入れた。舌を絡《から》ませながら腰骨を押さえつけるようにして私の腰を持って数回突き上げ、弘斗はイッた。息の乱れた弘斗の唇に私の口紅がうつっているのに気がついて、親指の腹でなぞる。

　弘斗の隣に横になると、もう体中のどこにも力が入らなかった。ゆっくりと顔を上げて、サイドテーブルに備え付けられた時計を見ると23:50と出ていて無理矢理上半身を起こす。カーペットに置かれた携帯に手を伸ばし持ち上げた瞬間、黒い画面がふわっと明るくなり非通知設定という文字と28:15という数字が浮き上がる。目の前がチカチカするような混乱の中で息を飲み、私はほとんど無意識的に赤い受話器のマークをタップしていた。胸が苦しくなるような感覚に、眉間《みけん》に皺《しわ》が寄る。え？ と呟《つぶや》きながら、私はロックを外して履歴を表示させる。着信履歴の一番上には非通知設定とあった。着信時刻は23時22分と出ている。

「何これ」

言葉に出した瞬間、私はその自分の置かれた状況を一瞬で理解し、激しく動揺した。アラームだと思っていたのは着信で、弘斗がカーペットに置いた時から、恐らくずっと繋がっていたのだ。

「どうしたの？」

「弘斗、私の携帯床に置いた時、画面触った？」

「画面？ いや、アラーム止めたりはしなかったよ」

でもあの状況で、弘斗がそこまで注意して携帯を触ったとも思えない。

「どうしたの？」

「今携帯を手に取った瞬間、非通知設定、って文字と通話時間が表示されたの」

「……電話が繋がってたってこと？」

「着信履歴にも非通知って残ってるから、多分この電話に出たんだと思う」

「でもそんな、俺液晶には触ってないつもりだったけど」

薄「……誰だろう」

「……よく非通知で掛けてくる人って、誰かいる？」

「直哉ではないと思うけど」

血の気が引くというのはこの事なのかと、頭から冷たい砂をかけられたように、上から下に向かって、全身からさっと熱が引いていくのを感じながら思う。呆然《ぼうぜん》としながら、じっと窓の外を見つめる。非通知の着信なんて、普段滅多にない。それに、何十分も電話を切らずに人のセックスを聞いていたのを思えば、相手はきっと普通の友達や仕事相手ではないだろう。直哉でもないはずだ。すぐに今の相手が掛け直してくるかと思ったけれど、電話は一向に鳴らなかった。考えてみれば当たり前だった。長々と人のセックスを聞いた後で、普通に掛け直してくるはずがない。

軽「心当たり、全然ない？」

「どうだろう……分からない。惇の事で、週刊誌の記者とかの可能性もなくはないけど、でもさすがにこんな時間には掛けてこないだろうし」

きっと相手は、私に敵意を持っている人だ。でなければ、すぐに電話を切ったはずだ。もしもし？　と何度か呼びかけて返事がなかった時点で、普通は切るはずだ。三十分近く、相手は電話を耳に当て聞いていたのだ。私に敵意を持っている人。一番最初に頭に浮かんだのはかつてのストーカーだった。でもまさか。こんなタイミングで突然あのストーカーから電話が来るとはさすがに思えない。次に頭に浮かんだのは、姉だった。私はどこかで、弘斗との事が姉にバレているのではないかという思いを払拭《ふっしょく》しきれない。女は鋭い生き物だ。でも、今このタイミングで弘斗と私が一緒に居ると予想してわざわざ非通知で電話を掛けて来るなんて、そんな事あり得るだろうか。

「カナさん」

裸のまま、携帯を片手に呆然としている私の手を、弘斗がそっと握った。大丈夫？と不安そうな目で見つめる弘斗に、大丈夫と呟いて携帯を枕《まくら》の上に放り出す。でも頭の中では、この通話の最中に、自分が弘斗と交わした会話を必死に思い出していた。弘斗の名前は呼んでいないはずだ。会話らしい会話もしていないはずだ。床に置いてあった携帯が、そこまで鮮明に声を拾っていたとも思えない。でもどうやっても、セックスをしていたという事実はバレているはずだ。激しいセックスの後に、血の気の引く思いをして、体の自由がきかなかった。終わったらすぐに帰ろうと思っていたけれど、私がホテルを出たのはそれから三十分以上経ってからだった。

ママ！　呼ばれて振り返ると、俊がユニフォーム姿で立っていた。

「どう？」

「かっこいいよ。着替えは用意した？」

「うん。もう準備出来た」

「そう。じゃあもうちょっと待ってて。私ももう少しで支度出来るから」

俊ははーいと子供部屋に戻って行った。ダイニングテーブルでは直哉がビデオカメラのチェックをしている。今のクラブに入れてから一年半が経つけれど、直哉が忙しかったり私がスケジュールが合わなかったりと足並みが揃わず、俊のサッカーの試合を二人揃って見に行くのは久しぶりだった。

「上岡さんて、旦那《だんな》さん何やってる人だっけ？」

「商社マン。雪子さんは元自動車メーカーで今は専業。長男の裕紀《ゆうき》くんは俊の一個上、長女の莉奈《りな》ちゃんは四歳か、五歳だったかな」

数日前、雪子さんからメールで試合後にランチでもと誘われた時、面倒臭いと思った次の瞬間にはぜひぜひとメールを打ち始めていた。私は家族団らん、どこかに遊びに行ったり、食事に行ったりするのが億劫《おっくう》だったのだ。雪子さんとは、一度か二度サッカークラブの母親たちと数人でランチに行った事があったけれど、旦那さんとは試合の時に何度か挨拶《あいさつ》した事がある程度で、彼女にとっても直哉はその程度の面識しかないはずだ。唐突な感はあったけれど、ここ数ヶ月、彼女の長男である裕紀くんの話を俊がよくしているのを思うと、きっと子供達が仲が良くなってきたのが今回の誘いの一因なのだろう。

弘斗とホテルで会ってから一週間。非通知の電話はあれから一度も来ていない。ただのいたずら電話や間違い電話の可能性もなくはない。そう思って、少しずつその事について考えるのを止めようとしてきたけれど、あの時から、私の世界はどこからか歪み始めたような気がしてならない。誰が掛けてきたのか分からないという事は、誰である可能性もあるという事で、それは世界中の人が私のセックスを聞いていたという事にも等しく感じられた。そしてそれは、私は世界に裏切られた、という漠然とした不安感を巻き起こした。弘斗と初めて寝たその日にも感じられなかった、世界が変わる感覚が、あの電話で突如巻き起こされたのだ。あの日、帰宅して入れ替わりに帰って行った横山さんを見ては、彼女があの電話を掛けたのではと疑い、次の日に惇からSNSで何気ないメッセージが入っては、惇の彼女や彼女候補が私に探りを入れようと電話をしたのではと疑い、弘斗からその後何かあったかと心配するメールが届けば、弘斗が自分の友達に電話を掛けさせたのではと、意味不明な疑惑すら抱いた。そして今の所何の態度の変化も感じないけれど、直哉に対しての疑心もまた、拭いきれていなかった。

「店、予約しなくていいのかな？」

「あの辺なら色々あるし、大丈夫だと思うよ。ほら、駅の近くに大きな中華料理屋あったじゃない？　ボエムもあったよね？」

「そっか。まあ子供達もいるし、ラフな所の方がいいよな」

直哉は、日本に戻って以来子供を通じた人間関係を持ってこなかったせいか、落着かないようだった。私も同じだ。日本のママ友的な人間関係は、何となく気後れして参加するきっかけを完全に失った。俊の学校はインターで、色々な国の子供が集まっている事もあってあまり人間関係が広がっていないし、同じマンションや近所で仲良くなる事もまずない。俊のサッカーというのは、私が他の母親たちと繋がるほぼ唯《ゆい》一《いつ》の場になっているが、子供達の練習時間中に開催されている母親たちのお茶会には大体仕事で参加出来ないし、送り迎えもほとんど横山さんがしているため顔を合わせる事も少ない。もちろんそういうものから解放されているのは楽だ。子供のお受験、習い事、美容、子づくり、セックスレス、夫の愚痴、彼女達の話の九十五パーセントはどうでもいい事で、そういう話に付き合うくらいなら、一人でパチンコにでも行った方が有意義に思える。でも雪子さんは、話していて心地良い人だった。二十代の頃三年間ロシアに駐在していて、ロシア人の彼氏と結婚秒読みの頃今の旦那さんに略奪されたという異色の経歴の彼女は、いつもにこにこしていて、一瞬にして話す相手の警戒心を解いてしまうような人だ。そういう、私には一ミリも備わっていない力に満ちた彼女を見ていると、普段は感じない、自分はこういう人間でいて良いのだろうかという疑問が湧《わ》き上がる。

ミッドフィールダー。俊がサッカーを始めるまでは、知らなかった言葉だ。オフサイドの基準も、知らなかった。もちろんボランチの意味も知らなかったし、イエローカードが何枚で退場かさえ知らなかった。男を育てるという行為は、敵を知るではないが、男の習性、在り方を一から理解していく行為なのだと、子供が大きくなっていくにつれて実感する。

試合が始まってから、私たちは応援席に座り缶コーヒーを片手に、ピッチを走る俊を黙って見ていた。相手は格上のクラブで、前半開始早々に二点先取されていた。相手クラブの応援席でもこっちの応援席でも、親たちはしきりに我が子の名前を叫び、がんばれと声を掛けている。私は彼らの声を聞く度に彼らとの距離を強く感じる。離れた場所に座っている雪子さんとは一度手を振ってアイコンタクトを取ったけれど、旦那さんが大声で応援しているのを見て、今日の食事会が億劫になった。

ごめん、ちょっと。前半が残り十五分に迫った頃、直哉はそう言い残して、震える携帯を片手に席を立った。うんと答えて、私もちらっと携帯を見やる。応援席では相変わらず無数のがんばれが渦巻いている。俊は一心不乱にボールを追いかけ、ピッチを走り回っている。あの小さな体のどこに、そんな力が眠っているのだろう。そう思うほど、彼は力強く地面を蹴《け》り軽やかに走る。惇もこんな少年時代を過ごしていたのだろうか。突然思い出された情報に、何となく不穏なものを感じて辺りを見渡す。あの写真を撮られて以来、私は惇と会っていない。今私が気をつけるべき事は何もない。分かっていても、写真週刊誌に狙《ねら》われている俳優と写真を撮られてしまった事が、こういう人の目の多い場所に来る事に抵抗感を抱かせる。この辺りのクラブには、テレビ、出版、広告業界の人の子供も多い。たまに、芸能人が子供の試合の観戦に来ている事もある。仕事で芸能事務所やテレビ局に出向く時は全く感じないのに、我が子のために来ている試合では、気分が重かった。

ちょっとすみません。ストールをベンチに置くと、私は他の親達の前をそう言いながらすり抜けた。客席の裏側に向かいながらポケットに手を伸ばし、煙草《たばこ》に火をつけた。微《かす》かに直哉の声が聞こえて、左右を見渡す。客席から離れた小道に直哉の後ろ姿を見つけて、私は体の緊張に気付く。内容は聞き取れなくても、声のテンションだけで分かる。彼の電話の相手は、親しい人間だ。彼は仕事相手とああいう口調で喋らない。彼にとって親しい人間は、大学時代の友達、イギリス時代の仕事仲間、両親か弟。それ以外なら浮気相手という事になる。大丈夫だよ。来週の金曜ね。直哉の声が一部分だけ鮮明に耳に入った。足が動かなかった。これ以上聞くべきなのかどうか。頭の中でも答えは出ない。うん、うん、直哉の頷く声がして、私はやっぱり聞くべきじゃないと思い直して無理矢理足を踏み出す。

「今日はごめんね」

踵《きびす》を返した私の耳にその言葉が届いた。きっと、直哉は浮気をしている。相手は誰だろう。一瞬考えるが、考えた所で答えが出ないのは分かりきっている。日本での彼の交友関係を、私はほとんど把握していない。彼の姿が見えない所まで来て立ち止まると、咥《くわ》えていた煙草からぽろっと灰が落ちた。煙草一本を吸う間に、こんな風に世界が変わる事があるんだと、私は感心していた。ショックというのとも、怒りというのとも違う、何か一つ口にする言葉を当てはめるとするならば「へえ」という言葉がしっくりくる。イギリス時代、街中で唐突に差別的な暴言を浴びせられた時と同じように、ただただ自分の直面した現実に、感心していた。感心しながら、どこか他人事《ひとごと》感もある。出来の悪いドラマのワンシーンを見ているようにリアリティがなかった。直哉が浮気をしているのならば、あの非通知の電話は、直哉の浮気相手かもしれない。でもだとしたら、彼の浮気相手は既に私の不貞の事実を突きつけ、直哉に離婚を迫ったはず、あるいは近い内にそうするはずだ。電話が彼の浮気相手からだったとすれば、彼女は私と弘斗のセックスの声を録音しているに違いない。不意に、私は自分の行動に違和感を覚える。何故《なぜ》、私はあそこから立ち去ったのだろう。電話の相手が浮気相手なのかどうか、あのまま聞いていれば分かったかもしれないのに、どうしてここまで来てしまったのだろう。足下を見つめる。長く伸びた雑草が数本、足をくすぐっていた。背後で歓声が上がる。どちらかがゴールを決めたのだろう。これから、上岡さん一家と食事に行くなんて、信じられなかった。私はこれから、直哉に揺さぶりをかけたり、直哉の携帯を盗み見て真相を調べたり、するべきなのだろうか。でも浮気を暴《あば》いてどうしようというのだろう。離婚する。弘斗と付き合う。あるいは他の男と付き合う。仕事は。子供は。家は。自分の行く先の見えなさに、ひたすら胸がすっとする。今の私に浮気を暴く意味があるとしたら、弘斗との関係がばれた時に「そっちもやってたじゃない」と対抗する切り札に出来るという事くらいだろうか。でもそもそも、彼は浮気をしているのだろうか。やっぱりもう少し立ち聞きしていれば良かった。不確定要素が多過ぎて現状がクリアに把握出来ない。はっと気付いて、フィルターを焼きかけていた煙草を足下に捨てた。もう一本煙草に火をつけ、私は木に寄りかかった。逃げたかった。逃げて誰かと話したかった。誰でもいい。誰かとファッションや食べ物について、どうでも良い話をしたかった。

いやー、俊くんすごかったね。本当にすごいプレーだったよ。あそこから風向き変わったもんね？　上岡さんは嬉しそうに言って俊の肩を叩《たた》いた。直哉が恐らく浮気相手と話している間に、私が煙草を吸っている間に、俊はゴールを決めたのだ。試合が終了して初めて、雪子さんに言われて私たちは俊がゴールを決めた事を知った。夫婦であっても親子であっても、どんなコミュニティに属していても、人は結局一人で生きていくんだなと思う。きっと、世間的には俊のような立場に置かれた子供は可哀想《かわいそう》と思われるのだろう。母親も、恐らく父親も浮気をしていて、学校のお迎えから親が帰宅するまでシッターと過ごし、家族三人揃《そろ》ってご飯が食べられるのは一週間に一度か二度。ゴールを決めても良かったねとしか言わない母親。誰にも必要とされていない子供。そんな印象を与えるだろう。でも、我が子のゴールをきゃーきゃー言って喜ぶ親と私と、子供への愛情に差があるとは思えない。私は我が子がゴールを決めると狂喜乱舞する教に入信していないだけで、それと愛情は全く関係ないものだ。同じように、私が浮気をしている事と、俊への愛情は全く関係ないし比例もしない。直哉を愛しているかと言われれば奇妙な気持ちになって答えは出ないままだけれど、俊の事は愛していると言い切れる。私はこの世で俊に対してのみ、自己犠牲をも許容する愛情を抱いていると感じられるのだ。もちろん日々の些末な不満はある。子供がいる事による不自由は、専業主婦やシッターを雇っていない家庭に比べれば少ないが、やはり感じる事もある。愛情を抜きにして考えたら、出産、育児は女性の人生に於《お》いてかなり非合理的な事象だとも思う。日本のこの社会制度と過激な母性信仰の下で少子化問題が深刻化するのは至極当然の成り行きだとも。でも、結局我が子には愛情があるのだ。それはどうしようもない事だ。私は一生俊を捨てる事は出来ない。もしも物理的に捨てる事があったとしても、私は心から俊を捨てる事は出来ない。これは母という呪《のろ》いだ。恋人や夫のように、ポイした次の瞬間には身も心も他の男に乗り換える、という訳にはいかないのだ。子供を産んでしまったが最後、その替えがきかないという決定的な事実を、母たちは戦慄《おのの》きながら受け入れていくしかない。

もしも直哉に不倫がばれたら、直哉は俊の親権を望むだろうか。直哉が浮気しているかどうかにもよるけれど、甥《おい》と不倫していたという事実は親権に関してかなりマイナスに働くに違いない。

「前々から、カナさんとゆっくり話したいなって思ってたの」

雪子さんが上品な笑顔を浮かべて言う。私も、雪子さんとゆっくり話してみたいなと思ってたんです。ほら、俊と裕紀くんも最近すごく仲良くしてるみたいだし。そう言うと、彼女はそうなの最近裕紀が俊くんの話ばっかりしてて、本当に気が合うみたいね、と嬉しそうに答えた。

「そうそう。俊みたいな弟が欲しかったなーって、この間言ってたよな?」

上岡さんはそう言って笑った。子供達はテーブルの端に固まり、今日のサッカーの話をしている。上岡家の長女の莉奈ちゃんは雪子さんの隣にちょこんと座り、雪子さんが渡した携帯を持ち、アプリか何かで遊んでいるようだった。適当に皆で食べられるような物を多めに注文して、子供達にジュース大人たちにとりあえずビールを頼むと、直哉と上岡さんは仕事の話を始めた。アパレルですか、と嬉しそうな声をあげる上岡さんに、直哉の表情が仕事用になっていく。男というのは何故、仕事を抜きにした人間関係が苦手なのだろう。こういうシチュエーションで居心地の悪そうな男性陣が、仕事の話になると途端に生き生きして饒舌《じょうぜつ》になるシーンを目にする度、私は不思議に思ってきた。社会人の男性とは、何者でもない自分自身ではいられないのだろうか。ふと、何者でもない弘斗を思い出す。弘斗がどこでも誰にでも自然体でいられるのは、彼の才能なのだろうか。それとも単純に、まだ社会に出ていないからなのだろうか。

「旦那さんもアパレルなの？　じゃあ、仕事で知り合ったのよね？」

「あ、前に話しませんでしたっけ？　若い頃私がロンドンの服飾系の学校に留学していて、研修で通ってたプレスルームで今の会社のロンドン支社にいた彼と知り合ったんです」

「えー？　聞いてないわよ。カナさん、これまで何度かお茶しただけだけど、かなり謎《なぞ》な存在だったんだから」

「そうでしたっけ？　いや、そんなつもりはないんですけど、うちは雪子さんの所みたいに面白い話もないし」

「私たちの出会いは話したわよね？　ロシアからの一時帰国で知り合って、その頃の婚約者と別れて、って」

「あ、はい。すごく大変だったたって」

「そう。大変だったの。今だから笑い話だけど、彼は急《せ》かすし婚約者は納得《なっとく》出来ないの一点張りだし。かと言って彼に日本から来てもらう訳にもいかないし、日本から来てもらってもロシア語喋れないから意味ないしね」

「雪子さん、その時もう婚約者の所に戻っちゃおうかな、って思いませんでした？」

ちらっと聞こえたのか、仕事の内容について直哉と話していた上岡さんが、カナさん何言ってるんですか？　といたずらっぽい顔で眉間に皺を寄せて言った。

「そうねー。この人頼りないし、ちょっと心が揺れたかな」

おいおい、と上岡さんは情けない表情で雪子さんの肩を抱く。

「女ってそうなんですかね。やっぱり好きな人がいても、手近な所に逃げ場があるとそっちになびいちゃうっていうか」

「男はそうじゃないんですか？」

私が聞くと、隣の直哉が意外そうな顔で「俺はそんな事ないよ？」と私を見つめて言う。彼がさっき話していた浮気相手と思《おぼ》しき相手は、彼にとってどういう存在なのだろう。私は黙ったまま唇の両端をくっと上げてみせる。私はそもそも、もう何年も、誰かに恋愛感情を抱いていると感じた事すらなく、この話に参加する条件すら揃っていないのだ。居心地の悪さを感じ、弘斗に会いたいと思っている事に気がつく。弘斗に会いたい。私は夫も弘斗も多分愛していない。その事実を、私は直哉には言えないけれど、弘斗には言える。その事実を伝えられるというだけで、弘斗は私にとって心地の良い存在になる。私はあなたの事を愛していない。そう伝えたら、直哉はどんな反応をするのだろう。いや、直哉は知っているはずだ。私が自分を愛していない事を。当然知っているはずだ。でもお互いに、それについて言及しないだけの理性を持っているというだけだ。出会ってから今まで、私も直哉も愛しているとも、愛していないとも言った事がない。私たちの間に、愛という言葉はこれまで存在しなかった。私はそれでうまくやっていると思っていたけれど、直哉にとって二人の関係にその言葉が存在していないという事はどんな意味を持っていたのだろう。彼は、浮気相手には愛してると言ったり、言われたりしているのだろうか。私は今すぐにでも直哉の携帯を覗《のぞ》き見て、彼が浮気しているのかどうかを確かめたい欲求に駆られた。でもかと言ってその欲求は、愛情や嫉妬《しっと》心《しん》から生じているものではなく、自分の立っている場所を地図上で指し示したいという、自分が今居る場所を知りたいという欲求に近い。

「俺もそんな事ないですよ。雪子と居ると本当に満たされるんです。明るくて前向きで、本当にこの人と結婚して人生変わったなあって思います」

恥ずかしそうに止めてよと言う雪子さんを見ながら、隣に座る直哉は今何を思っているだろうと考える。直哉にとっての私とは、上岡さんにとっての雪子さんとは似ても似つかない存在だろう。私は、一緒にいる男を満たしもしなければ明るくもなく前向きでもない。

「うちも負けてないですよ」

直哉の言葉に雪子さんと上岡さんが笑う。何なんだろう。何故この人たちは幸せアピール、いい旦那アピール、仲良しアピールをしているのだろう。アラフォー向けのファッション誌にでも影響されてるんだろうか。右隣の直哉の熱が感じられて息苦しい。直哉の胸ぐらを摑んで浮気してるのかと詰問《きつもん》している自分が頭に浮かぶ。次の瞬間、お前こそ浮気してるんだろうと胸ぐらを摑み返されている自分が頭に浮かぶ。ベルトコンベアに載ってひたすら出荷に向けて梱包《こんぽう》されていく商品のように、末期的なまでになす術《すべ》なく、私は何に向かっていっているのかも分からないまま、延々単調な会話を紡《つむ》いでいく。どうでもいい言葉を口にするたびに、私はどんどん自分の価値が下がっていくような気分になった。生きれば生きるほど、無価値なものに成り下がっていく気がする。息をすればするほど、食べて排出すればするほど、毎朝目覚めるたびに、私は無用な物に成り下がっていく。一分一秒も休まず、私は延々無駄に近づいていく。今の自分だって、決して無駄でない訳ではないというのに。

ただひたすら、ここに存在している事が辛《つら》かった。誰かが一言口にするたび、私はガスバーナーで炙《あぶ》られ、僅《わず》かずつ焼け落ちていくような痛みを感じた。子供達にエビチリを取り分けながら、実は直哉の浮気相手がこの雪子さんだったとしたらと想像したらようやく少し愉快になって、唇の両端をつり上げて心から笑う事が出来た。

指の動きで携帯のパスコードを探り当てられるという話を聞いた事があったけれど、これまで夫が携帯を使う所を注意深く見てこなかった私には想像もつかなかったし、そもそも彼がパスコードをかけている事も今の今まで知らなかった。彼がお風呂《ふろ》に入っている間に携帯を見ようとして、その事実を今初めて知ったのだ。同じ iPhone ユーザーとして、何度かパスコードを間違えるとロックがかかる事があると知っていた私にはなす術もなく「パスコードを入力」の画面をじっと見つめ、元の場所に戻すしかなかった。仕方なく、代わりに財布を広げ、レシート類にざっと目を通した。飲食系の領収書やタクシーの領収書ばかりで、それだけでは浮気の有無は分からない。少しずつ、自分が抑えられなくなっていくのに気付いて、手を止めようか一瞬迷った後、彼の鞄《かばん》の口を大きく開けた。手帳を見ても打ち合わせや人の名前、会社名が書いてあるばかりで何も分からず、私はそれ以上何を調べたら良いのか分からなくなって手を止める。そもそも直哉が浮気していたとしても、それを私が見抜く事は不可能なんじゃないかと思い始めるものの、でも私と一緒に来ていたサッカーの応援という場で、あんなにも無防備に電話の内容を聞き取られてしまうような男だぞと思い直す。でも、でも、でも、と気持ちが真逆の方向に揺れ動いて吐き気がする。

あの電話が浮気相手でない可能性もなくはない。でも、あんなにも砕けた口調で話す相手とは、一体誰だ。はっとして、私は一度鞄に戻した手帳を開く。「来週の金曜ね」「今日はごめん」と彼は電話相手に言ったのだ。十二月の第一週のページを開く。十二月七日日曜日には、「戸田さん打合せ 13:00」という言葉に二本線が引かれて消され、その下に「俊、試合観戦 10:00」と書いてある。私はどんどんページを遡《さかのぼ》ってめくっていく。十一月に二つ、十月にもやはり二つ、九月には三つ、「戸田さん打合せ」という言葉を見つけた。曜日はまちまちで、時間も昼だったり夜だったり統一性がない。私は今日以降のページをめくり、十二月十二日金曜日に「戸田さん打合せ 19:00」を見つけた。自分の携帯を取り出して、私はそのページを写真に撮る。直哉がそろそろ出て来ないか心配だったため、十一月に二つあった「戸田さん打合せ」の文字を写真に撮った所で鞄に戻して留め具をはめた。不思議と、気分が高揚していた。浮気のガサ入れをしたのは、あのストーカーと付き合っていた頃以来だ。あの頃は裏切られる事を恐れてしょっちゅうガサ入れをしていたけれど、一度も浮気の痕跡《こんせき》を見つけなかった。あの男には浮気をされず、直哉に浮気をされるという事に、私は何とも不思議な印象を持った。愛する男には浮気をされず、愛していない夫には浮気をされる。でも言葉にしてしまうと、そりゃそうだろう、という気もする。身も蓋《ふた》もなく、私は直哉を愛していなかった。あの電話を立ち聞きしてから丸一日半、私は一瞬たりとも嫉妬という感情を抱かなかった。本当の所はどうなのか、確かめなければならないという衝動と、離婚する事になったらという打算に突き動かされているだけだった。

九月以前のページは余裕がなくて見られなかったけれど、もしも例えば一年や二年、あるいはもっと前から直哉が浮気をしていたのだとしたら、いずれ私の浮気がバレるような事があったとしても、私はずっと前から直哉の浮気に気付き、もともと心は離れていたのだと言い逃れが出来る。ぼんやりとそんな事を考えていた。でも、心が離れて互いに浮気をして、じゃあ離婚しましょうと離婚した所で、一体どうなるのだろう。直哉は浮気相手と幸せな結婚をして、新たに幸せな家庭を築いていくのかもしれない。でも私は、弘斗と結婚する訳にもいかないし、特に他の誰かと恋愛をしたいとも思わない。仕事はどちらにせよ続けていくし、俊の養育も可能な限り続けていくつもりだ。私と直哉は、離婚したら一緒に暮らさなくなるだろう。でも何が変わるというのだろう。愛がない婚姻生活を送っている者にとっては、結婚も離婚もほとんど意味がない。結婚してもしなくても、離婚してもしなくても、だから何だという感想しか生じない。だからあんなにも無感動に私は結婚して、無感動なまま直哉との九年という長きにわたる日々を送ってきたのだろう。直哉は、毎年私の誕生日と結婚記念日にはデートに誘いプレゼントをくれた。クリスマスにもプレゼントをくれたし、時折サプライズのような演出をしてくれたりもした。イケてる旦那の見本として広告代理店が押し出すイメージを体現したような男だ。プレゼントを受け取る度、私は何か反応しなきゃという一心で喜んで見せる。でも同時に、前時代的な恋愛ドラマの世界に強制収容されたような気恥ずかしさと、何故こんな茶番に付き合わなければならないのかという憤《いきどお》りがある。私はずっと、直哉と居ながら無感動だった。誕生日なんて、年齢という共同幻想が一つ加算されるだけの何のおめでたさもないイベントだというのに、何故世間はあれほどまでに狂乱するのだろう。私はただ、毎日を普通に、何の変化もなく生きていたいのだ。

　ソファの肘《ひじ》掛《か》けに頭を載せて横になり、携帯で写真のアイコンをタップして「戸田さん打合せ」の文字を表示させる。メールや、最近ではSNSでよく浮気がバレると聞くけれど、彼の手帳に書かれた文字は肉筆であるが故《ゆえ》にあまりに生々しく、この字を書いた彼の指がこの戸田さんという人の膣に入っていたのだという想像をせずにはいられない。私は、直哉の何を見てきたのだろう。現実が見えなくなっていく気がして、私は携帯をロックした。ほぼ同時に、リビングのドアが開けられる音がする。

「カナ」

「うん？」

肘掛けに頭を載せたまま僅かに振り返って眉《まゆ》を上げると、直哉はバスタオルを頭にかけたままの姿で「まだ起きてる？」と聞いた。この言葉は、彼がセックスをしたい時に言う言葉だ。そろそろ寝ると私が言えば、直哉はじゃあ一緒に寝ようか？ と言って私の寝室のベッドに入る。

「あ、これからちょっと明日の仕事の準備しなくちゃいけなくて」

そっか、と直哉は呟いて、じゃあ俺はもう寝るねと言ってリビングのドアを閉めた。ふと、私がこうやって暗にセックスを断る事は結婚以来ほとんどなかった事に気付く。考えてみれば、生理中以外の理由で断った事は無いに等しい。一人になったリビングは涼しく心地よく、私は一人で生きていくべきなのかもしれないとも思う。単純に、誰も愛せないなら、誰とも結婚するべきではなかったのだ。そんな風に思いながら、私はどこかすっきりとした気持ちで手元にあったクッションを頭の下に押し込んだ。

突然の振動にびくっと飛び上がり、目を開けた。一人外でバッグも携帯も持たずに歩いている夢を見ていた。バッグを持たずに外出する事などまずない私は、どこかでひったくりか置き引きに遭ったのだと思いながらも、それをどこに届け出れば良いのか分からず、焦《あせ》りと共にひたすら外を歩いていた。一人でずっと、足が痛くなっても闇雲《やみくも》に歩いていた。

「今週どこかで会えないかな。ご飯だけでも、一時間だけでもいいからどこかで会えない？」

こんな分かりやすいメールを、直哉の携帯から発見出来ていれば、私はもう少し気が楽だったのだろうか。弘斗からのメールをぼんやりと眺めて、スケジュールを確認してから明日返信しようとメールボックスを閉じた瞬間、SNSにメッセージが入っている事に気付く。「尾崎さんのバースデーパーティ行く？　カナが行かないなら俺もサボっちゃおっかなーと思ってるんだけど。美由起は行くってよ」。惇からだった。尾崎さんは、今二十代の女の子に人気のアパレルブランドの経営者だ。元気なアラフォーで、今は二人目の旦那と離婚の調停を進めていて、既に二十代の新しい彼氏がいる。ギラギラした欲望に満ちている彼女は、見ていて清々《すがすが》しい。彼女は、私にないものを如実《にょじつ》に浮かび上がらせる。彼女は金と人脈と人をたらし込めるその才能をもって、媚《こ》びる事も権力を振りかざす事も厭《いと》わず、なりふり構わず手に入れたいものを手に入れる。

「微妙。どこでやるんだっけ？」

そう入れて、携帯を持った手をお腹《なか》に置いて目を閉じる。もうこのまま、化粧も落とさず寝てしまおうか。でも最近乾燥が気になるし、やっぱりちゃんと洗顔して保湿しなきゃ。うじうじと考えながら体が動かず、また眠気に襲われ始めた矢先にお腹の上で携帯が振動して飛び上がる。

「行こうよ。久しぶりにカナに会いたいし。夜景の見える尾崎邸でやるってよ。彼氏連れて来ちゃえば？」

惇のノリに、眉間に皺が寄る。でもしばらく考えて、次第に気持ちが傾いている自分に気付く。こういう場にパートナーや友人を連れてくる人はたくさんいるし、そう考えれば別に大それた事でもない。皆には甥だと紹介すればいいのだ。大学生の甥に業界の空気を体験させるため連れて来た、そういう体なら、そこまでイレギュラー感はないし、そもそもきっと大人数のパーティで誰が誰の何なのかなんて誰も気にしないはずだ。そして連れていけば、弘斗も惇に会って安心するかもしれない。でもと思う。今の私は自分でも気付かない内に、落ちぶれていってはいないだろうか。甥との不倫や夫の不倫疑惑の前で、私は少しずつ、なげやりで、だらしない、卑俗な人間になっていってはいないだろうか。答えが出る前に、私はその疑問を打ち捨てるように乱暴に立ち上がり、洗面所に向かった。

カナさんという微かな声に顔を上げた瞬間、表情が緩やかになったのが自分でも分かる。尾崎さんへのプレゼント選びが思ったよりも早く終わったのもあって、一人このテラス席に座ってからもう二十分程が過ぎていた。

「久しぶり」

普通にデートにやって来たように、弘斗は私と目を合わせると右手を軽く上げて嬉しそうに微笑《ほほえ》んだ。軽い足取りで歩み寄って来る弘斗を、少し離れた席に座っている二人組の女の子がちらっと確認したのが分かる。

「今日は露出度が高いね」

そう？　と言いながら少し体を引き、隣に座った弘斗を観察する。長いコートは初めて見るものだった。私の露出度が高いのは、尾崎さんは地味な女を嫌っていて、地味な女とは出来るだけ仕事をしないようにしていると直接言われた事があるからだ。なんだかんだで、バースデーパーティとはいえ仕事だ。完全に後ろ向きだが、アパレル関係者と芸能事務所と代理店とモデルや俳優たちと、あらゆる方向からプレッシャーをかけられるこの業種の人間として、今日のパーティはどこにも誰にも悪い印象を残さない事が目的だ。皆それぞれに好印象を与えひいては仕事を頼みたいと思わせる能力をアピールし、でもどこかから顰蹙《ひんしゅく》をかうほどには目立たず、品のあるパーティを構成する一員として、あるいは主催者が望むのであれば多少下品な演技をしてでも演出要員として機能する事。それが今日の仕事だ。そんな事を考えている内に、今日のこのパーティに弘斗を呼んだのは間違いだったのかもしれないと思い始めていた。私がパーティで目立たず顰蹙をかわず、無難な仕事をこなしている姿を見て、弘斗が幻滅しないとも限らなかった。でもかと言って、弘斗と二人でいる時の私が本当の私で、仕事をしている時の私や、こういう仕事外の仕事をしている時の私が本当の私でない訳でもない。

「今日はいくら露出しても弘斗に襲われないからね」

「本当は襲われたいんじゃないの？」

眉を上げて言う彼の肩に拳《こぶし》をぶつけて笑う。

「どうしたの？　今日はいつもより、何かちょっと、柔らかいね」

「表情が？」

「表情も、態度も」

そうかなと呟いて、だとしたら、その理由は直哉の不倫が発覚したっぽい事しかあり得ないだろうなと思う。お互いに楽しみましょうという気持ちでいるわけではないけれど、どこか、自分のしている事への抵抗感が軽減されたのかもしれなかった。

「パーティ中はべたべた出来ないからね」

「分かってる。ていうか、本当に行ってもいいの？」

「いいのいいの。パーティだしがちゃがちゃしてて何が何だかよく分かんないから」

「高岡さんが俺の事呼べばって、言ったんだよね？」

「そうそう。惇が会ってみたいって。かっこいい甥がいるんだよって、前に話した事があったから」

弘斗と不倫している事は知らない体で、と事前に惇には話しておいた。わざわざ口止めする必要があるかどうか微妙だったけれど、何となく、少し気楽になった弘斗との今の距離感を崩したくなかった。

徒歩五分の所にある高層マンションを指差して、あそこの最上階、と弘斗に言う。あんなに高い所、怖くないのかな。弘斗の呟きに、ここから見ると怖くなってくるね、と答える。確か、消防の梯子《はしご》車で救出が可能なのは十四階までだ。ある会社の社長が、会社の建て替えの時にそれを理由に社長室を十四階にした事で、十四階より上の階の社員から非難囂々《ごうごう》だったと聞いた事がある。尾崎さんの部屋は、恐らく四十階以上だ。でもむしろ、下の方で火事があっても屋上にヘリコプターが来て助けてくれたりするのかもしれない。あれだけ地上から離れた所で生活していて、現実感が揺らいだりはしないのだろうか。

カナー！と声がして振り向くと、道路の向こうから美由起が歩いてくるのが見えた。私は弘斗と繋《つな》いでいた手を離して、もう片方の手を振った。隣には前に飲んだ時ちらっと携帯で見せてもらった彼女がいる。グラビアアイドルやタレントをやっていてもおかしくない、ハーフっぽい顔立ちだ。

「初めまして。カナです。美由起とはクレイツに居た頃から仲良くしてて」

「エリです。今代官山のオンレーヴって店で美容師やってます」

「諸々《もろもろ》話には聞いてます。で、こちらが」

カナさんの甥の弘斗です。弘斗は自分でそう言うと軽く会釈《えしゃく》をした。美由起でーす、と軽く挨拶した美由起は、へえ、と言いたげな表情で私に微笑みかけた。

「もう始まってるね。行こっか」

ちょっと払って来るね、と言うと、弘斗がいいよ俺行く、と言って店の中に入って行った。

「かっこいいじゃん。甥としては申し分無しだね」

「そっちこそ、エリちゃん彼女としては申し分なさすぎ……あ、ていうか付き合う事になった、の？」

なりました。と嬉《うれ》しそうに言うエリちゃんは、若々しい。きゃっきゃした態度で美由起に甘える彼女は、恋人というよりも美由起の妹のように見える。

「エリちゃんて何歳？」

「二十二です」

「甥っ子は？」

「十九」

「えー？　十九歳？　まじでー？　わかーい」

「エリも若いよ。若いだけじゃないけどね」

エリちゃんの肩を抱いてべたべたする美由起に呆《あき》れる。美由起は女の子と付き合っている時、女たらしの男のような思考になる。

尾崎さんのマンションに近づくにつれ、私は弘斗と距離を取り、美由起の隣を陣取って歩いた。わざわざ美由起たちとカフェで待ち合わせをしてからここに来たのも、変な写真を撮られないようにと惇からアドバイスがあったからだった。惇が一人でこのマンションに入る所と、私が一人でマンションに入る所の写真を並べられれば、時間差でマンションに到着、明日の朝まで出て来なかったと書かれかねないのだ。この間の記事はさすがに信憑《しんぴょう》性に欠けていて大した騒ぎにはならなかったけれど、お互いの立場を考えるとこれ以上変な方向にいかないようそれなりの注意を払う必要はあった。

来てくれたのねーありがとー！　ハイテンションで私と美由起をハグする尾崎さんに誕生日おめでとうございますと言って背中をぽんぽんと叩く。

「嬉しいわー。惇も来てるわよ。え？　プレゼントなんていいのにー」

眉をハの字にして言う尾崎さんにシャネルの紙袋を差し出す。中身は新作のカードケースだ。美由起もM・A・Cの紙袋を用意している。ポーチ付きの新作のセットだとさっき話していた。

「ねえねえ、この子たちって……」

「あ、彼女でーす」

美由起がバイだとは知っているだろうが、前の彼氏とそれなりに長く付き合っていたせいか尾崎さんは驚きを隠さず、えーまじ？　と声を上げ、可愛《かわい》いじゃんと美由起をついた。彼は？　と私に振られた言葉への戸惑いを押し隠して穏やかに微笑む。

「甥です」

「甥？　ほんとに？　愛人なんじゃないのー？」

「いやいや、歳《とし》の離れた姉の息子なんです」

「何歳？」

「二十歳です」

面倒な事になったら嫌だし、もう今月末には二十歳になるんだしと、私は嘘《うそ》をついた。そうだ。彼ももうすぐ二十歳になる。何かお祝いをしてあげた方がいいんだろうか。可愛い子だねと耳打ちする尾崎さんに自慢の甥っ子なんですと答えながら、私は考える。

「思う存分飲んで食べて踊ってね。今日だけはやりたい放題」

大音量の音楽がかかる薄暗いリビングに入ると、尾崎さんはそう言って彼氏の手を取り消えていった。薄暗い中で音楽に連動して激しくストロボが光り、クラブのような雰囲気に仕上げてある。入ってすぐに大きなテーブルがあり、シャンパン、赤白のワイン、サラダ、カナッペ、カルパッチョなどの前菜からチキンレッグ、パスタ、ローストビーフまで揃っていた。リビングの奥にはＤＪブースが用意され、その周辺でたくさんの人が踊っている。この日のためにライトやブースまで導入したのだろうか。アラフォー恐るべし。思いついた台詞《せりふ》を美由起に言おうかと思ったけれど、ふっと振り返るともう美由起たちの姿は見えなくなっていた。

それなりに見知った顔が多いかと思っていたけれど、そこまで知り合いも多くなく、私は何となくアウェーな気分になって弘斗を連れて来て良かったと思う。すごいね、と後ろから耳元で言われて振り返る。

「ここ、あの人の自宅なの？」

「うん。ここと渋谷にあるマンションとで生活してるんだって。ハワイに別荘もあるっていうし、一人バブルって感じ」

ほんとすごいなと半ば呆れたように言う弘斗に頷《うなず》きながら、ダイニングから惇が手を振っているのに気付いて私も手を挙げた。同じ事務所の女優と、彼女のスタイリストと三人で楽しそうに話していた彼はおいでという感じで指先で招くようなジェスチャーをした。後でね、と頷きながら手で牽制《けんせい》するジェスチャーをすると、惇は大げさに両手のひらを天井に向けて笑った。ダイニングの方はリビングに比べて少し明るく、落ち着いて話したい人はどうぞという体で作られたスペースのようだった。

「あれが惇」

耳元で言うと、弘斗はダイニングを見ながら分かってる、というように頷いた。車窓から遠い景色を見つめるような目で惇を見つめる弘斗は、自信に満ちているように見えた。シャンパンでいい？　と聞いてグラスを弘斗に渡す。小さく乾杯して一口目を口にした時、惇がやって来た。

「カナの甥っ子だよね？」

「初めまして」

「噂《うわさ》にはよく聞いてて。カナ、会うたびに君の話するから」

そうなんですか、と言う弘斗は無表情で、本当に無の表情で、表情筋が完全に壊死《えし》したような静かな顔をしていた。

「僕も、惇さんの話は何度か聞いてます」

「週刊誌の事は、申し訳なかったね。カナは何も悪くないんだよ」

「いや、僕は別に」

「カナの旦那には申し訳なくて。まあ、僕も直哉さんとは仲がいいから、誤解されてないみたいで良かったけど」

惇が何を考えてこんな事を話しているのかよく分からなかった。そして輪をかけて、無表情の弘斗の事もよく分からなかった。何が分からないのかも分からないまま、何となく訳が分からなくなっていく。

「十九歳だっけ」

「惇、一応今日は二十歳って事にしてるから」

　大音量の中、私の言葉を少しかがんで聞き取った惇は、そっかと言って弘斗を見つめる。

「俺がこの仕事を始めたのも十九だったんだ」

　そうですか、と弘斗がやっぱり無表情で言った時、ワイングラスを片手に美由起が戻って来た。惇久しぶりー、と言って肩を叩き、カナの甥っ子かっこいいだろー？と畳み掛けるように言う。

「美由起の彼女も可愛いな。さっき見たよ」

「彼女、移り気な所はあるけど、男には一切興味ないからね」

　分かってるって、と美由起と笑い合う惇は、普通だ。それを若干乾いた目で微笑みと共に見つめている弘斗も、今やある程度普通だ。むしろ私は、自分が何を普通の基準としているのか分からなくなっていた。

「ねえ尾崎さん、何かヤバくない？」

　美由起の言葉に振り返って、私は軽く頷く。

「彼氏の影響かね。去年まではこんなんじゃなかったのにね」

「クラブ大好き～なギャル系女子の誕生日会って感じ。ま、彼氏の影響だろうね。あの彼氏、二十六だってさー」

「俺も一応まだ二十九ですけど？」

「ていうか私の甥は十九ですけど？」

若いな。そう呟いて、惇はまた弘斗をじっと見つめる。どことなく、惇か弘斗に対して含みのある言動をとっている気がして落ち着かない。

「弘斗くん、どうしてカナだったの？」

「どういう意味ですか？」

弘斗は初めて嫌悪感《けんおかん》を露《あら》わにして惇を見つめる。美由起は彼女と一緒にタパスをつまみに行ってしまった。私は一人、この不思議な空気の出所が分からず混乱していく。

「君はカナに何を求めてるの？」

私は惇の腕を摑《つか》んで弘斗との間に割って入った。なに？　惇どうしたの？　と惇を見上げる。言葉は軽く言ったけれど、弘斗に背を向けた私は眉間《みけん》に力を入れて強く睨《にら》みつけた。私と弘斗との関係は知らないという設定にしたはずだし、こんな訳の分からない態度を取られるのは不本意だった。惇は何か言いたげな表情のまま口を閉じ、黙ったまま私をじっと見つめた。

「俺はカナの味方だよ」

「味方って……」

「俺はカナの事を大事に思ってる。すごくね」

何と答えて良いのか分からず、後ろから弘斗の視線を感じながら、私は僅かに首を傾《かし》げる。

「何か、よく分からないよ」

正直な気持ちが口からこぼれる。ついこの間、自分と写真週刊誌に撮られた事を弘斗が知ったらと心配してくれていた惇が、何故今あえて弘斗の不信感を煽《あお》るような事を言うのか、分からなかった。惇は少し表情を緩めてちょっと酔ったかなと言い、俺はあっちでゆっくり飲んでるから、と続けて背を向けた。その背中を見ながら、私はまだシャンパンを一杯しか飲んでいないのに視線がぶれていくような感覚に陥った。

「いつもはもっと、普通なんだけどね」

弘斗は惇の背中を見つめながらいや、と呟《つぶや》いた。

「別に、変な事は言ってないと思うよ。あの人」

男にしか通じない言語でもあるのかな、苛立《いらだ》ちを示そうとそう言うと、弘斗は私の手を握った。

「カナさんは見たいものしか見てないから、見えてないものもたくさんあるんだよ」

弘斗はどこか、私を責めるような口調で言う。

「人は皆、見たくないものは見えないよ」

「違うかな。カナさんは見えてるのに、見えてないみたいに、見えてるものに何も感じてないんだ」

ぐっと握られた手を握り返す。私たちはどこに向かっているのか、どっちを向いているのか、よく分からなかった。これ食べる？　これは？　と弘斗に聞いて皿に料理を取り分けていく。落ち着きたかった。ダイニングに行こうかと思ったけれど、ダイニングにはまだ惇がいるし、かといってダンスフロアーの方は音楽がうるさく、私と弘斗はリビングの脇《わき》にある高めのスツールに、小さな丸いテーブルを挟んで座った。

「仕事の時は、ちゃんとしてるのよ。さっきの、尾崎さんも」

「分かってるよ。あの人、テレビで見た事ある」

「パーティになると、何か皆ちょっとずつ人格がずれるんだよね。皆、はっきり変わる訳じゃなくて、何となくちょっといつもと違うなって感じ。それで、相乗効果で全体的に狂っちゃってる感じになるっていうか」

「カナさんはいつもと変わらないよ」

「私も、弘斗に気付かれないレベルで変わってるのかも」

テーブルに置いた手に弘斗が手を載せ、やっぱり二人になりたいねと呟き、私は軽く懸念《けねん》の表情を浮かべる。ごめん、と弘斗が手を離した瞬間、DJブースの方で歓声があがる。切岡ユキというグラドル上がりのタレントがDJブースに入る所だった。さっきまでDJをやっていた男がDJユキ！　とマイクで名前を呼ぶと、彼女は片手を上げてブーンという羽音のようなノイズをかけ、そこから名前は思い出せないけれど聞いた事のある有名な曲に移行した。いかにも若い女の子が好みそうなアップテンポの、恐らくアメリカの女性ボーカルの曲だ。クラブ通いしてる内にDJとデキて、私もやりたーいと教えてもらったクチだろう。DJをやりたがる女の子にありがちな短パンに胸元の開いたタンクトップにごつめのネックレスとブレスレットという格好で、彼女は縦揺れでリズムをとっている。タンクトップから覗く胸の谷間がリズミカルに揺れ、周りにいる男たちのテンションが上がっていくのが分かる。そういえばこの間、切岡ユキの担当をした知り合いのスタイリストが、彼女がこの数年で如何《いか》に変わり、居丈高な性悪女に変貌《へんぼう》したか熱心に語っていた。

「あの人、見た事ある」

「切岡ユキって、知らない？　最近結構露出が増えた子なんだけど」

名前は知らないけどと言って、彼はカルパッチョを口に運ぶ。いい食べっぷりだ。弘斗の若者らしさは、この食いっぷりの良さにしか出ていないような気がする。自分が自分より若い男とこういう関係にある事を未《いま》だに認識出来ない理由の一つは、彼がその他の若者らしさを持ち合わせていないからだ。うん？　と見つめる私に不思議そうな顔をする弘斗に笑って、もうちょっと持ってこようか？　と聞く。

「いいの？　ありがと。何でも食べるよ」

料理の載るテーブルに舞い戻り、肉や魚のタンパク質系を中心に料理を取り分けていく。今から一、二年前、自分の胃腸の消化力が落ちたのがはっきりと分かった。朝から焼き肉でも、寝る直前に焼き肉でも何ともなかったのが、今は朝から焼き肉を食べると日中胃腸の不快感が消えず、寝る前に焼き肉を食べれば次の日の朝から胃が重い。元が丈夫過ぎたのかもしれないけれど、その変化に私は何となく感心した。妊娠や出産などで自分の体質、歯の状態、髪質や髪の量までもが変化し、それによって健康管理の仕方も変化し、俊の出産後は排卵時や生理前のホルモンの乱れにも気付くようになった。そうやって自分の体に意識的になっていく事が、歳を取るという事なのかもしれない。私はほとんど、二十歳くらいまで、自分の体の中に内臓が入っているという事を意識せずに生きてきた。その事実を身体的に感じる事がなかったのだ。だから、私は今自分が三十になり、胃腸の調子から食べたいものが変化している事を実感し、ただただ感心している。よく映画やドラマで、病床にある人が、もうお迎えがそこまできてる、などと死期が迫っている事を予測するような言葉を口にするのを見ると、何でそんな事が言えるのか、そっから数年生き延びたら恥だぞと疑問に思っていたけれど、七十や八十くらいになれば、もう自分の体についてそのくらいの事は分かってしまうのかもしれないと思うようになった。弘斗はまだ、自分の体に内臓が入っているのを実感した事がないだろう。

ふっと振り返ると、美由起とエリちゃん、美由起の事務所のチーフマネージャーが弘斗と話していた。チーフはもちろん私もお世話になった人だし、直哉とも面識がある人だった。この間、惇と週刊誌に撮られた時も取材の電話が掛かってきたとすぐに連絡をしてくれた。私は反射的に舌打ちをしたけれど、もちろん大音量の音楽に搔《か》き消された。

「小田切さん久しぶりです！」

テンション高めに言うと、彼は久しぶりだなー、と私の肩に手を置いた。

「最近結構ひろーく仕事してるだろ？　正直、もう少しうちに居た方がいいって思ってたけど、順調みたいでほんとよくやってるなーって、この間望月さんとも話してたんだよ」

「いや、やっぱり事務所に所属してればなー、って思うことばっかりですよ。本当に一人でやってると事務的な事が大変で」

「事務的な事をやるのが事務所だからな」

彼は豪快に笑って、彼、甥なんだって？　と弘斗を一瞥《いちべつ》して言った。

「そうなんです。姉の息子です。あの、もし直哉に会ったりしても、このこと内緒にしてもらえませんか？　悪い影響与えてるとか言われそうなんで」

「引田さん、そんな事言うか？　まあ、何となく後ろめたい気持ちは分かるけどね。この雰囲気見てると」

「そうなんですよね。例年通り、落ち着いたパーティかと思ってたんですけど」

「尾崎さん、ちょっと荒れてて最近。去年からコラボ連発してる割に売り上げ伸びてないみたいで、業績悪化の矢先に彼氏の浮気癖が止まらなくて喧嘩三昧《けんかざんまい》みたいで」

「相変わらず情報通ですね。ま、私たちはもうちょっとしたら帰るんで」

「所でさ、彼、弘斗くんってモデルとかに興味ないかな？」

美由起たちと何故《なぜ》かマッドマックスの話で盛り上がっている弘斗をちらっと見やる。

聞こえていないようだった。

「何ですか？　スカウトしたいんですか？」

「いや、何かやってる子かなって思って美由起にあの子知ってる？　って聞いたらカナの甥だっていうからさ」

「彼、大学生なんです。留学も考えてる所だし、ないとは思いますけど。別に声をかけるならお好きにどうぞ」

じゃあ、名刺だけ渡させて、と小田切さんは言って私に背を向け、弘斗に話しかけ始めた。弘斗の要領を得ないような表情に後ろ髪引かれたけれど、私はお皿を弘斗の前に置くとワインを取りにテーブルに戻った。

お酒のコーナーでテキーラを見つけ、ショットグラスを手に取るとその三分の二まで注いで一口で飲み干した。喉《のど》から胸元に一気に熱が充満して、胸元からぽたぽたとその下に、熱がこぼれ落ちて行く。テキーラの横にイエーガーマイスターを見つけて懐《なつ》かしさにかられて手を伸ばす。イギリスにいた頃、パーティドリンクとしてよく用意されていて、やっぱりショットグラスでよく飲んだ。ハーブのリキュールで茶褐色のそれは、薬膳酒《やくぜんしゅ》に近い味がする。ショットグラスに注いだとろっとした茶褐色をぐっと飲み干すと、またカッと胸元が熱くなる。振り返ると、弘斗はもう一人でいた。

ショットグラスにイエーガーマイスターをなみなみと注いで持って行く。

「これ、薬膳酒みたいで美味《おい》しいよ」

なに？　と窺《うかが》うように微笑みながらショットグラスを鼻にかざすと、あ、これ飲んだことある、と彼は嬉しそうに言った。

「アメリカに居た頃友達の家でたまに飲んでた。何だっけ？」

私は、弘斗に自分の知らないアメリカ時代の記憶があるのだと突然思い出し、不思議な気持ちになる。イエーガーマイスターだよ、と言うと、そうだっけ、と彼は呟いて一つ息をついてからぐっと飲み干した。

「カナさんの元上司の人からスカウトされたよ」

「うん。あの人ちゃんと私に断り入れたんだよ。何て言ったの？」

「考えますって」

「やる気ある？」

「全くないわけじゃないけど、今は現実的じゃないかな。バイト感覚でやるもんでもないだろうし」

「そんな事ないよ。ファッション誌のモデルくらいなら、バイト感覚でやってる子たくさんいるよ。都合の良い日程を伝えておけば、それに合わせて取れる仕事取って来てくれるし」

「でもさ、ポーズとったりするんでしょ？」

一瞬言葉に詰まって、そりゃそうだよと笑う。

「カメラに向かってポーズとるなんて、やっぱ恥ずかしいな」

「弘斗は、そういうの器用にこなせるタイプだと思うよ」

「そうかな」

弘斗はこれやっぱり強いねと飲み終えたショットグラスを置き、ワイン持ってくると続けて立ち上がった。弘斗がそういう仕事をすると話したら、姉は何と言うだろう。当然、いい顔はしないはずだ。私だって、俊がモデルをやると言ったら、応援はしないだろう。現代では、写真は永遠に残ってしまう。私が十代だった頃は、自分の写真が永遠にネット上に残る可能性など考えもせずに写真を撮り、撮られていた。携帯の画像は画質が悪く、例えば読者モデルなんかも一時の楽しみという程度の意識で出ている子もたくさんいた。でもこの十年ちょっとの間で、携帯カメラやデジカメ、インターネットの進化によって、今や写真というのは脅迫や社会的抹殺手段にもなり得る、冗談のきかないツールになってしまった。俊に彼女が出来たらまず最初に教えるべき事は、コンドームの重要性、次に裸の写真は絶対に撮らない撮らせない、という事だろう。

だからこそ、これから何の仕事に就くのか分からない状況で、いつか自分にとって不利になるかもしれない類《たぐ》いのものには関わらないでもらいたいというのが、弘斗のスカウトへの正直な感想だった。ファッションモデルでも、いずれ弘斗が何か事件を起こした時、あるいは逆に大きな成功をした時なんかにその写真や、モデルとして受けたインタビューがネット上に流出し晒《さら》し上げられる可能性もなくはないのだ。多くの人が、自ら進んでツイッターやらFacebookやらに写真や文章をアップする事が、私には信じられない。自分がいつどんな状況に陥って自分の過去の言動や写真がどんな形で掘り起こされどんな角度からどんな風に切り取られ批判材料にされるか分からないというのに、どうしてそんな事が出来るのだろうと、不思議で仕方ない。自分は永遠に、今の白分で在り続けると、彼らは本気で思っているのだろうか。

「どうぞ」

渡された白ワインを、ありがと、と言って受け取る。

「私は反対しないよ。でもいつか何かあった時に、自分の写真とか記事がネット上に晒されて批判が巻き起こったりする可能性はあるからね。現代では、表に顔を出すっていうのは、そういう危険性を孕《はら》んだ事だから」

「カナさんもこの間、週刊誌に撮られたもんね」

「私には目隠しが入ってたでしょ？　でも、モデルになって名前がそれなりに知られてれば、目隠しは入らなくなる。惇なんか、普通に外歩いてても勝手に写真撮られて画像アップされるし、居酒屋行ったら週刊誌に撮られるし、こんな事言ってたあんな事言ってたって周囲の人間も売るし、プライベートなんて家にしかないからね。例えばだけど、もしも惇が既婚者の叔母と不倫しててそれが世間の知る所となったらどうなると思う？　惇には一日中マスコミが張り付いて、ネット民は相手の叔母のみならず双方の関係者のブログやツイッターの過去ログを全《すべ》て調べ上げて、叔母の写真を必ずどこかから見つけ出して吊るし上げにして、スポーツ新聞ゴシップ誌、ワイドショーは二人の関係者に手あたり次第突撃してあらゆる角度から面白おかしく報道する。ほぼ数日で社会的抹殺だよ」

「聞いてるだけでノイローゼになりそうだ」

「もちろん、よっぽど目立つ事しなきゃそういう事にはならないだろうけど、でも弘斗にはさ、モデルとか、歴史的な建築家とか、いろんなものになる可能性がある訳だよ。だから将来が定まってない状態で顔を晒す仕事をするのはどうかなって思わなくはないっていうか」

「まあ、ポーズとるのも恥ずかしいくらいだから、どっちにしろ無理だよ」

弘斗はそう言ってテーブルに置かれていた小田切さんの名刺をポケットにしまい、にっこりと笑った。今更のように、胃に溜《た》まったテキーラとイエーガーの熱に気付く。体中が熱かった。カナ、と声を掛けられて振り返ると、惇がシャンパンを片手に後ろにいて、なに？　と言う。

「奥に根本さんがいてさ、カナと話したいって言ってるんだけど、ちょっと来てくれない？」

「え？　恵さん？　来てるの？」

私は独立する時に相談にのってもらった先輩スタイリストの名前に少し驚いて、グラスを持ったまま反射的に立ち上がった。「ちょっと待っててね、ちょっとだけ顔出してくる」と言うと弘斗は「待ってるよ」と微笑んだ。あれ、恵さんて今娘さんとハワイに居るんじゃなかった？　と聞きながら惇についていく。

「いいからおいで」

惇がいくつかのドアを通り過ぎ、廊下の奥から二番目のドアに手をかけ開き、手で中を示すようにして入って、と言った。恵さんと会うのは一年ぶりくらいだろうか。明るい室内に目をくらませながら見渡すと、そこはベッドのある恐らくゲストルームで、誰もいない。

「……何？　これ。サプライズとか？」

「そう。恵さんの事は嘘。ごめん」

　一瞬では状況が理解出来ず、眉間に皺《しわ》を寄せて考え込む。

「なに？」

「怒らないで聞いて。カナに話しておきたい事があるんだ」

「何なの？　惇でも怒る時は怒るからね」

「話を聞いたら余計怒るかもしれないんだけど、まあ座ってよ」

　私は苛立ちまぎれにぐっとワインを飲み干して、窓際《まどぎわ》の肘掛け椅子《いす》に腰掛けると出窓の縁にグラスを置いた。惇はベッドに腰掛けて煙草《たばこ》を咥《くわ》えた。苛立ちは増して、何よ言いたい事って、と肩を上げる。

「俺の友達に興信所に勤めてる奴《やつ》がいるって、前に話したの覚えてる？」

「なに、何の話？」

「調べてもらったんだ。カナを刺した奴のこと」

　は？　という本当に間抜けなくらい細く、消え入りそうな声が口からこぼれた。

「勝手な事とは思ったけど、犯人の特定から、追跡調査までしてもらった。俺との写真がきっかけになって、またカナが事件に巻き込まれたりしたら困ると思ったんだ」

何でそんな事するのよと怒鳴りつけたい気持ちと、調べたのならその結果がどうなのか知りたい気持ちとが同時に強烈に沸き起こって胸が痛くなる。

「調査結果、カナは知りたい？」

「知りたい」

自分でも驚くほど、はっきりと答えていた。本当は惇への怒りが強烈にあったけれど、その答えに辿《たど》り着けると知った状態で、知らないでいる選択肢は選べなかった。

「惇には色々言いたい事があるけど、調査結果を惇が持ってるなら、知りたい」

「カナを刺した男、萩尾有生は、模範囚として七年の刑期を終える前に仮出所した後、親の知り合いのつてで群馬県前橋市の自動車メーカーの下請けに勤めて、地元の女性と二年前に結婚している。婿入《むこいり》で、今の名前は岡部有生。もうすぐ一歳になる子供がいる」

結婚と子供という言葉を聞いて、もう立てないと思うような溶けていくような安堵《あんど》を感じた。こういう時、人は普通に安心するのか。ずっと、知りたいのか知りたくないのかも分からなかった男の行方と現状が分かって、ただ単に、本当に単に安心している自分に感心する。どこかでずっと、俊や自分が、またやって来たあの男に殺されるのではないかと思っていたのだ。ストーカーの事件をテレビで見るたび、他人事《ひとごと》とは思えず危機感を募らせていたのだ。私ははっきりと自覚した。これまで、モザイクがかかったように、鮮明に見えないものとして心の隅に抱えていた恐怖が、俊があの男に刺し殺されるシーンなのだと。私は心の中で、何度も何度もあの男に俊を刺されてきたのだ。涙がこぼれそうだった。私は、涙を流さないために、ぼんやりと何も感じないようにしながら、モザイクをかけ続けて生きてきたのかもしれない。

「本当に、事実なのね？」

　これ、と言って惇は携帯を差し出した。遠くから撮ったのか鮮明ではないけれど、萩尾有生と見知らぬ女性がうつっていた。子供は見えないものの、女性は抱っこ紐《ひも》を胸元に装着していた。十年以上見ていなかった男の顔に、胃が縮むような緊張が走ったけれど、隣の女性が彼を見上げて何か語りかけているような様子に、少しずつまた体が溶けていく。はっ、と笑みともため息ともつかない息が漏れた。ただひたすら、愕然《がくぜん》としていた。深い安堵の中にいるのに、頭をがつんと殴られたような衝撃もある。

「大丈夫？」

「大丈夫。なんか普通に、ほっとしたよ。ありがとう。興信所って聞いた瞬間ぶん殴ってやろうかと思ったけど、聞いて良かった。どうして自分でもっと早く興信所に頼まなかったんだろうって思う」

「本当に？」

「ほっとした」

「良かったよ。でももう一つカナに話したい事があるんだ」

「なに？」

「いい知らせと悪い知らせのどっちから聞くか、聞けば良かったね」

「なに？　悪い知らせ？」

はっとして、私は顔を曇らせた。直哉の浮気か。直哉は一応業界の人間ではあるから、彼の浮気が惇の耳に入っていてもおかしくない。

「何か、想像ついたかも」

「そう？　弘斗くんのこと」

は？　とまた短い疑問符が零《こぼ》れる。何て言った？　私は小さな声でもう一度呟いた。

「彼の事も調べてもらったんだ。カナを刺した男を調べるついでに」

唇の両端がくっと上がる。無理矢理笑顔を作りながら、私は怒りを堪《こら》えていた。

「どうしてそんな事するの？　意味分かんない」

「彼、アメリカで暴力事件起こしたって言ってたよね？　それ聞いてから気になってたんだ。彼がどんな男なのか」

「ちょっと待って、それは……」

「聞きたくない？」

両手をパーにして惇に開いてみせる。ちょっと待ってという風にも、来ないでという風にも見えるだろう。

「一瞬考えるね。一瞬考える間に、どうしてそんな事したのか教えて」

「カナに好意があるからだよ。それ以外に理由なんてあると思う？　好意のない女の交際相手とか元交際相手について調べる男がいたら気持ち悪いだろ？」

「好意のある女の交際相手について調べる男もアウトでしょ。自分の友達に対して昔殺人未遂を犯したストーカーのその後を追うっていうのは友達としてぎりぎりあり得ると思うけど、暴力事件を起こした友達の甥《おい》について調べるって、結構ボーダー超えてない？」

「暴力事件の話を聞いた時から、気になってたんだ。だから、さらっと調べてもらって、何もなければ何も言わないでいいかと思ってたんだよ」

「じゃあ、何かあったっていう事だよね。私に言うべき事が」

「俺は、話した方がいいと思った」

「聞くよ」

一瞬にして、様々な想像が湧《わ》いていく。思いつく限り最悪の、最低の、恐ろしいシナリオがどっと波になって押し寄せてくる。

「彼が起こした暴力事件の被害者は、当時彼が付き合ってた恋人だった」

脇の下から手首まで腕の下側に鳥肌が立ち、胸元からお腹にかけて、すっと冷気が走ったように冷えた。苦笑も作り笑いも出来ず、唇を閉じたまま、下唇の内側をぐっと嚙《か》み締める。私は思わず両手を交差させて肩から二の腕を温めるように、上下にゆっくりさすった。

「彼女は、彼の中学のフランス語の教師だった」

何の言葉も口に出せなかった。ただひたすら、下がった視線は床を見続け、嚙み締めた唇が痛みを感じている。

「この辺りは細かい話は分からなくて、彼が中学の頃から関係を持っていたのか、中学卒業後から始まったのかは不明。高校卒業の直前、彼は彼女が自分の同級生と関係を持っている事を知って逆上。彼女は殴る蹴《け》るの暴行を受け首を絞められたが、自力で逃げ出した。彼女も十代の生徒に手を出した時点で犯罪者だし、彼も彼女に全治二ヶ月の怪我《けが》を負わせた。アメリカだから、もちろん彼との事がばれれば彼女は職も失い刑務所に入る。彼の両親は前途有望な息子の起こした事件を隠したい。互いの希望が一致して、示談で済ませたらしい。治療費と、具体的な額は分からなかったけど、彼の両親はいくらか慰謝料を支払ったらしい。条件は双方口外しないこと、それと、彼女は彼の帰国を要求した。高校卒業次第、日本に帰国する事、今後絶対に自分に近づかない事。それが彼女の条件だった。彼はニューヨークの大学に合格して入学手続きを済ませていたにも拘《かかわ》らず、それを辞退して日本の大学を受験する事になった。最初は彼一人で帰国させる予定だったらしいけど、ちょうどお父さんの会社で海外支社の縮小を始めていたみたいで、父親も異動願いを出した。両親も心配だったんだろうね。暴力事件を起こした息子を野放しにする事に。帰国する時、母親と彼だけ先に戻って来なかった？」

私は黙ったまま頷いた。先に戻って生活空間を整えたいし、弘斗の部屋も探さないと、と言って、姉は弘斗と二人で、吉岡さんより半年早く戻って来たのだ。自分の息子がそんな事件を起こしたら、私なら同居させてしばらく様子を見たいと思うだろうが、姉が弘斗に一人暮らしをさせたのは、弘斗にそれまで全く感じていなかった暴力性を知り、恐ろしく感じたからだったのかもしれない。帰国当初、電車通学が可能な距離にも拘わらず、弘斗に一人暮らしをさせた事に、軽い疑問を抱いていたのを、私は今になって思い出した。

「父親の異動まで時間がかかったから、お母さんは彼をつれて卒業後すぐに帰国したらしい」

「ちょっと待って、刑事事件になってなくて、示談で済ませたのに、どうして日本の興信所がそこまで調べられたの？　おかしくない？」

「彼の家族と被害者の間には、ナタリーっていう女性が入ってた。ナタリーは吉岡家の近所に住む日系三世の六十代の女性で、彼が幼い頃から家族ぐるみで付き合っていた。親日家の彼女は少し日本語が喋《しゃべ》れたようで、彼のお母さんは渡米後すぐに仲良くなって、必要な事があるとナタリーに頼っていたらしい。この事件について議論するのに自分の英語力に不安があった母親はナタリーに通訳を頼んだ。ナタリーは彼の未来を考えて示談を勧めて、解決のための手伝いを買って出て、被害女性を説得した。でも、ナタリーと同居していた末娘がそれを快く思っていなかった。女性に暴力をふるった男を庇《かば》うなんてどうかしてると、娘は母親を責め立ててた。興信所の友達が通訳を雇ってコンタクトを取ったんだけど、弘斗くんと結婚したいと考えている女性がいて、その女性からの依頼だと話したら、あんな男と結婚するべきじゃないって、洗いざらい話してくれたらしい。彼女は事件当時二十二歳だった。これは俺の想像だけど、彼女はもしかしたら弘斗くんに恋愛感情を持っていたのかもしれない。でももし本当に彼女に恋愛感情があったんだとしたら、俺から今伝えた情報の中には多少改ざんされている所があるかもしれない。恋愛感情は、人を狂わせるからね」

ナタリーの話は姉から聞いた事がある。帰国してからも連絡を取り合っている友人だと話していたし、ナタリー一家と吉岡家が仲良さげに写っている写真も見せてもらった事がある。

薄「でもちょっと待って、そもそもどうやってナタリーに辿り着いたの？　アメリカで起きた事件について向こうに人を派遣もせずに調べるとか、ちょっと容易には信じられないんだけど」

軽「今はＳＮＳがあるからね。友達も詳しくは教えてくれなかったけど、恐らくカナのお姉さんのFacebookかツイッターの情報から辿っていったんだと思う。その辺りの経緯をはっきり報告してない所を見ると、違法なやり方だったのかもしれない。アカウントの乗っ取りとかね」

彼女をレイプした奴を半殺しにした。それが彼の言い分だった。そしてこうも言っていた。誰にも言わないって約束したんだ、相手とも、両親とも。

「被害者、彼の元恋人の情報を知りたければ教えるよ。プロフィールが随分詳しく書いてあった。多分ＳＮＳか何かに色々載せてるんだと思う」

　私は気分が悪くなってきて、手のひらを惇に示して黙ってもらった。煙草に火をつけて大きく吸い込む。惇の言う事が事実だとすれば、弘斗は恐らく殺意を持って自分の元教師であり恋人に暴力をふるったという事だ。私は突然与えられた情報の多さに混乱し始めていた。元ストーカーの情報だけでも受け止めるのが精一杯だというのに、そこに全く予期しなかった弘斗の情報が入り込んできたのだ。弘斗は私を刺した男と同じような事を、ある一人の女性にしたのだ。真っ青なラグ、アイボリーのベッドシーツ、全身鏡、惇の黒いワイシャツ、自分の足にはまる黒のパテントのブーティ、自分の二つの目から入ってくる何でもない視覚情報までもが、私を混乱させていく。アリスが迷い込んだ不思議の国のようだ。自分が大きくなったり小さくなったり、奇妙な人や動物が出て来るあの不思議な世界に入り込んだようだ。何もおかしい事はない。何も変な所はない。でも惇の口から聞いた情報は、これまで私が見てきた世界を完全に破壊した。足下が揺らいでいるのが分かる。私が目をつむった隙《すき》に、ぱっとチャンネルを替えられたような、そして見ている景色は目をつむる前と何も変わらないのに、何かが決定的に変わってしまったような。泥酔《でいすい》しているようだ。今自分がどこを向いているのかよく分からない。今目の前にある世界が信じられない。尾崎さんの家の客間の窓際の椅子に座り、ぴしっとメイクされたベッドを眺めながら、恐らく、私は激しく動揺していた。

「大丈夫？」

もうこれまでと同じように弘斗と会う事は出来ないだろう。私は何となくそう思った。そして弘斗に関係の解消を求める事は、私にとって辛《つら》い作業となるだろう。

「カナ」

惇が椅子に座ったまま俯《うつむ》く私の前にしゃがんで覗《のぞ》き込んだ。惇の手が私の手を覆《おお》い、私はその温かさにほっとして緊張の糸が切れたように伏せていた目を惇の目に向けて上げる。

「泣かないで」

両目から同時に涙がこぼれ落ちて、更に混乱が加速していく。私は一体、弘斗に何を見ていたのだろう。私は弘斗の事を何も知らないまま、快楽だけを貪《むさぼ》っていたのかもしれない。私は弘斗の物質的な部分だけを求めていたのかもしれない。でももしも本当に、私が弘斗の言うように軽薄な理由で彼を求めてきたのだとしたら、私が今ここで彼を拒否する事は、その軽薄さを極めるだけであり、私たちの関係性を卑《いや》しめる行為にならないだろうか。でもだからといって、彼の本質的な部分と向き合った所で私に何が出来るのだろう。彼を救う事が、彼を許す事が、彼の抱えているものの内の一つの一面だけでも昇華させる事が私に出来るのだろうか。そんな事出来る訳がない。私は弘斗に対してのみではなく、直哉に対しても俊に対しても他の全ての人に対して等しく、本質的な部分で向き合わないようにして生きてきた。我が子以外の誰にも特別な感情を持たず、しかしそれでもきちんと、罪も犯さず母として、妻として、社会の歯車としての役割を全うしながら生きてきた。その事実こそが私にとって、私の人生に於《お》いて、こう生きるしかないのだという自信の根拠になり得ていたのだ。激しい動揺と後悔が津波のようにこの体を飲み込みどこかにさらっていくようだった。惇の手をつかんだまま、涙が止まらなかった。後も先も考えられなかった。ただの若者の痴話喧嘩の果ての暴力事件。頭ではそう思っている。でも体が反応していた。私の背中に白く浮かび上がる裂傷痕《れっしょうこん》を見て、弘斗はどんな気持ちだったのだろう。どんな気持ちで、ストーカーに刺された話を聞いていたのだろう。どんな気持ちで私に、嘘をついたのだろう。二度とごめんだ。そういう気持ちで、真っ当な男を選んできた。私が浮気しようものなら、じゃあ別れようと冷静に言える男を、愛に狂わない、狂気を決して受け入れない男を選んできた。だから直哉と結婚した。それなのに何故、私は弘斗と不倫してしまったのだろう。何故これまで最も避けてきた類いの男と最悪の条件の下で寝てしまったのだろう。直哉に暴力事件の事を聞く前から、弘斗がそういう類いの男である事には気付いていたはずだ。彼の目に、私は僅《わず》かなりとも狂気の光を感じ取っていたのだ。

「怒ってる？」

「……うん」

薄 「ごめんね。俺もこんな話が出て来るとは思ってなかったし、伝えるかどうか迷ったんだ。でも俺はここまでやって、全部伝えてしまった訳で、だから自分に出来る事は何でもするよ。こんなやり方でカナの相手の過去を暴《あば》く事になったのは悪かったと思ってる」

軽 「今日家に帰るまで、ずっと弘斗と私の傍にいて欲しい。私と弘斗を二人にしないで欲しい。今日を穏便に終えたら、後日落ち着いて弘斗と話し合うから、今は、ただ今日を何事もなく終わらせたいの。今こんな風に混乱したまま弘斗と色々話す事は出来ない。でもこれ以上弘斗を放っておけないから、一緒に来て。一刻も早く弘斗を送って、一人になりたい。私が酔っぱらったって事にするから」

「分かった。夏木も一緒に来てるから車も出せるし、何とかするよ。もう行く？ちょっと休む？」

休みたい、私はそう言って惇の手をほどいて惇のグラスをサイドテーブルから持ち上げる。一気にシャンパンを飲み干すと、私はため息と共にまた涙が出そうになるのを堪えて、クローゼットの引き戸の大きい鏡に顔を映す。ひどかった。目は充血していて、頬が赤らんでいる。どくどくと波打つように熱い頬に両手のひらをあてる。手のひらは同様に熱く、火照《ほて》りを鎮《しず》める事は出来ない。

「今日、彼の事を見て、何か不思議だったよ」

「え？」

「俺に対してはあんなだったけど、カナと話してる彼は優しそうで、幸せそうで、好青年に見えた」

思えば、私と寝るまでの弘斗はいつも穏やかに微笑《ほほえ》んでいて、世の中の全てに満たされているかのような表情で、人懐こい笑顔を見せる男だった。初めて弘斗とセックスした時にその印象は根底から崩れ始め、そして今日惇の言葉で、全てが壊れた。でも私はどこかで感じていた。彼が微笑みながら、常にどこにも、何にも参加していないような、実家で集まっておばあちゃんお土産、と母に紙袋を手渡す時も、うちで姉たちと集まって食事をしながらめちゃくちゃ美味《うま》いですと、お皿から顔を上げて私に微笑む時も、お邪魔しましたと会釈《えしゃく》する時も、どこか彼の仕草や態度に、本質的にはその場に、その空間に参加していないような空気を。例えば彼は大学の友達と飲み会をして盛り上がっている時にも、きちんと外面では参加しつつも、どこかで他の人たちが共有しているものを共有していないような、そんな気がするのだ。

「行こうか」

私はそう言って椅子から立ち上がり、惇と部屋を出た。リビングに出てすぐ、惇はシャンパングラスを持ち上げて私に手渡した。かちんと乾杯をして、口をつけながら辺りを見渡す。弘斗の姿が見えなかった。さっきまで弘斗と居たテーブルにはチャラい男女が陣取っていて、奥のＤＪブースにも姿は見えない。

「どこかな」

私はダイニングやトイレを見に行き、どこにも弘斗の姿がない事を確認して、不安が高まっていくのを感じる。

「帰っちゃったって事は、ない？」

「ない。帰るなら、声掛けるよ」

私たちが大音量の音楽の中少し大きめの声で話していると、美由起とその彼女の姿が目に留まった。美由起は私に気付くと手のひらを上に向け、指を何度か曲げて手招きをする。

「美由起、弘斗知らない？」

「ちょっと前に、尾崎さんの彼氏に連れられて奥行っちゃったの」

「尾崎さんの彼氏？　何で？」

「遠くから見てただけだから分かんないんだけど、私たちもちょっと心配で」

「何？　どういう事？　どこにいるの？」

さっきまで恐怖を感じていた弘斗に対して、私は自分が母親であるかのように、保護者的な感情が芽生えている事に気がつく。多分奥の寝室、と言う美由起に背を向けて惇と一緒に歩いていくと、ＤＪブースを通り過ぎて部屋の奥にある真っ暗な廊下に向かう。一つ目のドアを開けるとトイレで、中に誰もいないのを確認して次のドアに手をかける。

「鍵《かぎ》」

私が呟くと、惇が代わってドアノブを回し、やっぱり開かずにゆるく握った拳《こぶし》をこんこんとドアに叩《たた》き付ける。尾崎さん？　惇でーす。落ち着いた口調で言う惇に、不思議な気持ちになる。これまで仲良くしてきた中で、彼は己のあらゆる面を隠して私や美由起と付き合ってきたのだろう。彼は、それこそ昔の事件を隠していた弘斗と同じように、いや、それ以上に凄絶《せいぜつ》な過去を持っているのかもしれない。考えてみれば、人なんて皆、そんなものなのかもしれない。僅かにドアが開くと、惇が少し強くドアを押したのが分かった。一瞬目がくらんで、瞼《まぶた》を閉じかけたものの閉じられなかった。私は惇に続いてドアの中に入るとドアを素早く閉め鍵をかけた。

「何ですかこれ」

ドアを開けた尾崎さんの彼氏とソファで膝《ひざ》立ちしている切岡ユキは全裸で、尾崎さんは下着姿だった。ソファに座る弘斗はズボンは穿《は》いているものの、ワイシャツははだけ、ズボンもベルトが外れチャックが開いていて、ほとんど意識がなさそうだった。ソファに背をもたせて顔を上向けている弘斗に歩み寄り頰に触れる。

「何したんですか？」

尾崎さんは携帯を持ちどこかに発信しようとしていたようだった。私は周囲を見回す。ローテーブルにいくつかショットグラスが置いてある以外は別に何もないように見えた。

「ごめんカナ。あんたの甥っ子にテキーラ何杯か飲ませたら倒れちゃって」

「テキーラだけですか？　本当ですか？」

「テキーラだけ。倒れる前に水も飲ませたし、大丈夫だと思うけど」

尾崎さんの彼氏の言葉が信じられなくて私は弘斗の肩を叩く。ねえ弘斗、弘斗、と声をかけるものの彼は目を閉じたまま頭をぐらんと揺らすだけで、私は恐ろしくなっていく。

「急性アルコール中毒かもしれないから、病院行った方がいいかもしれない」

惇の言葉に咎《とが》めるような目を向けた尾崎さんを、私は睨みつける。

「いいんですね？　病院連れていきますよ？」

「ここの事は言わないで」

尾崎さんにつかみかかろうとした瞬間、うめき声がして弘斗が嘔吐《おうと》し始めた。ひゃっと叫んでソファから切岡ユキが飛び降りる。私は弘斗の顔を横に向け、何かくださいと尾崎さんに声を上げる。惇が弘斗の体を下向きにし、背中をさすり始めると、弘斗は再び床に向かって嘔吐した。尾崎さんから渡されたタオルケットで弘斗の顔を拭《ぬぐ》い汚れた服を拭ってやる。ソファの裏にマニキュア瓶くらいの黒い小瓶が数本転がっているのに気がついてぞっとする。

「それって、合法ですか違法ですか？」

言葉に詰まっている尾崎さんに代わって、尾崎さんの彼氏が投げやりに違法、と答える。呻《うめ》きながら、もう出ないのかびくびくと体を震わせるだけになった弘斗の口に指を二本突っ込み舌の根を押さえつけると、弘斗はまた何回か吐き出した。

「下に車用意してもらうから俺の家に運ぼう」

惇の言葉に躊躇《ちゅうちょ》する。病院に連れていった方がいいんじゃないだろうか。

「大丈夫だよ。時間もそんなに経《た》ってないし、これだけ吐けば回復していくはずだから」

惇の落ちついた声にそっかと呟くと、惇は携帯で誰かと話し始めた。

「警察沙汰《ざた》にはしない方がいいわ。大学生なんでしょ？」

「何て言って飲ませたんですか？」

尾崎さんが言葉に詰まる後ろで、尾崎さんの彼氏と切岡ユキがせっせと服を着ている。ここで乱交するつもりだったんだろうか。私は彼ら四人が乱交している様子を想像して、何故か笑いがこみ上げてくるのを感じる。

「また連絡します」

私はそう言い残すと、ベッドの脇に弘斗のジャケットを見つけて手に取り、彼のズボンのチャックを上げボタンを嵌《は》める。惇が肩を持って立たせると、私たちは部屋を出た。さっきまで一刻も早くここではないどこかに行きたいと思っていたリビングが今は天国のように感じられる。私たちは弘斗を支え、人目を忍んで壁沿いに玄関へ向かった。カナ？　と声を掛けられて振り返ると美由起で、後で連絡するねと言ってアイコンタクトをすると、彼女は察したように頷《うなず》いた。前々から、尾崎さんがドラッグをやっている事は噂《うわさ》になっていて、若いモデルたちにばらまいているとも言われていた。でもまさか、公《おおやけ》にやっている自分のバースデーパーティでこんな事をするとは、思ってもいなかった。

「駐車場では顔隠した方がいいかも」

嘔吐したばかりの人間を抱えながら、惇は意外なほど冷静だった。玄関からエレベーター、エレベーターから駐車場、駐車場から車、という永遠にも感じられる長い道のりを経てワゴン車の後部席に到着すると、運転席から夏木くんという惇の事務所の後輩が顔を出した。大丈夫ですか？　と聞く夏木くんに、惇はいやー大変だよと額に汗を浮かべて言い、外に出たら窓から見えないように伏せようと私に言った。

二十分ほどで惇のマンションに着くと、地下駐車場から部屋まで弘斗を運んだ。途中で、ごめんねカナさん、と弘斗が朦朧《もうろう》としたまま呟いた。ずっと朦朧としていた弘斗がようやく意味のある言葉を発した事に、ほっとした。惇の家の玄関で汚れたシャツを脱がせ、惇のTシャツを着せ、リビングでエアーマットに空気を入れ弘斗を寝かせ隣に洗面器を置く所までやり遂げると、私と惇はソファにへたり込んだ。ふと既視感に襲われて辺りを見渡し、前に惇に密着したドキュメンタリー番組を見たのだと思い出す。何もない部屋に住んでるんだなあと、その番組を見ながら思ったのを覚えている。大きな窓の外は真っ暗で、私はバッグの中をまさぐる。まだ十二時も過ぎていなかった。こんな時間にこんな事になっているのが何となく可笑《おか》しくて、思わず笑ってしまうと惇がなに？と覗き込む。

「いや、まだ十二時にもなってないんだなって」

「本当に？ もう二時くらいかと思ってたよ」

「何やってんだろうね私たち。こんな時間に」

くすくすと二人で笑っていると、何か飲んでいいすか？ と聞く夏木くんに惇はこっちにもビール二本持って来て、と声を掛けた。

「変だね。さっきまで世界が牙《きば》を剝《む》いたように感じてたのに、今はただ、弘斗の回復を祈ってる」

「大丈夫だよ。飯も食ってたから通過儀礼が激しかっただけだよ。多分すぐに目が覚めると思う」

「惇って、尾崎さんと寝た事あるの？」

「ないよ。止《や》めてくれよ」

笑って言う惇に、やっぱり寝た事があるような気がしたけれど、それ以上突っ込むのは止めた。弘斗に嘘《うそ》をつかれたからだろうか。いや、それだけじゃない。私は、基本的に男の人の事がよく分からないのだ。とても、とてつもなく遠い生き物のように感じられる。弘斗は私に嘘をついていた。直哉は恐らく浮気をしている。惇は嘘をついているのかいないのか、ついているのだとしたらそれは何のためなのか、色々と分からないけれど、やっぱり彼も何かしらの虚を私に見せているのだろう。

「家、大丈夫？　彼、ここに置いてってもいいよ。起きたら事情説明しとくし」

「そこまでは面倒掛けられないよ。起きたら連れて帰るから、しばらく居させて」

「そう？　いつまででも居ていいよ」

思わず苦笑して惇の肩に拳をぶつける。何だよと笑う惇に、声を上げて笑う。

「最低だよ。惇に誘われて尾崎さんのパーティ行ったのも、惇に聞いた話も最低だし、何でこんな事になっちゃったんだろう。ほんと最低」

惇はもう一度叩き付けようとした私の拳を手のひらで摑《つか》んでごめんと苦笑する。

「全部良かれと思ってやったんだよ。全部カナのためにしなきゃいけない事だと思ったんだ」

最低だよ。信じられないくらい最低。呟《つぶや》ききると、もう言葉が出なくなった。言葉も笑いも出尽くして、空白感だけが残った。横山さんに連絡をしなければならない。

直哉にも、飲み会で緊急事態が起きたから帰れなくなったと連絡する必要が出てくるかもしれない。嘘をつくならば美由起にアリバイ作りを頼まなければならないかもしれない。私はこれからの事を考えても憂鬱《ゆううつ》にもならず、やっぱりただただぼんやりしていた。弘斗と話したかった。さっきまでもうこの関係は続けられないと思っていたのに、今はもう、何故関係を続けられないと思ったのか、思い出せなかった。

夏木くんがテーブルに置いていったビールを二人で開けると、私は口の中が麻痺《まひ》するほど冷えたそれを飲み込んだ。明日の朝には全てが壊れているような気がした。でも明日の朝には全てが片付いているような気がした。明日の朝には、全てがスタート地点に戻っているような気がした。分からないけれど、ここまでねじれた自分の人生は、もうこれ以上はねじ曲がらない気がした。これまでゆっくりと回され続けたぜんまいが今晩限界まで回りきって、一瞬の静寂の後にぐるっと逆にスピンして一気に戻っていくような気がした。弘斗が寝返りを打ち、私は視線をエアーマットに合わせる。苦しそうな表情で今にもまた吐きそうな弘斗をじっと見つめる。かつての男の面影をそこに見る。

殺してやる。今すぐお前を殺してやる。何度も私にそう叫んだ男。かつて私が殺してやると何度も思った男。何度もつかみかかり、殴り、その内臓までも引きずり出して噛みちぎってやりたいとまで憎んだ男。

私はあの男から逃げ出した。自分たちの関係性に恐れをなしたのか、うんざりしたのか、もう愛がなくなってしまったのか、とにかく私はある一瞬を境にその男を「いらない」と判断してどうでもいい男と浮気をして放り出した。二人で築いてきた関係性も積み重ねてきた言葉も行為も全て一瞬で擲《なげう》った。彼は私に執着し続け私を刺した。私と彼がそれまで築いていた関係性を基準に考えるのならば、私は軽薄だった。それまで私と築いてきた世界の法を、秩序を保とうと、彼は私を刺したのかもしれない。彼は、少なくとも私たちの築いていた関係性に於いては、私よりも誠実だった。彼は捕まり、釈放され、今は別の女性と家庭を築いている。彼は新たな秩序ある世界を手に入れたのかもしれない。私は彼から逃げ、イギリスに行き、結婚し子供を作り、真っ当な生活を築き上げた。でもそれが逃避以外の何かであった事があっただろうか。私はずっと逃げ続けて、自分の軽薄さにニスを塗り固めてきただけだったのではないだろうか。そして、もしかしたら弘斗もまた、彼らの恋愛に於いて誠実であり続けるために彼女を殺そうとしたのではないだろうか。分からない。私には彼らの関係性は分からない。でも彼には、彼女との関係性、彼女と築いてきた世界を守るために、彼女を殺す必要があったのではないだろうか。人を刺す事が悪いのか。人を殴る事が悪いのか。だとしたら、二人で作り上げた世界を卑劣な方法で破壊する事は悪くないのか。それまで築き上げてきた世界からは信じられないほどの軽薄さで、相手と作ってきた大切なものをぶち壊す行為は、悪ではないのか。私は罪を犯した。彼と私の世界における法を犯した。彼は罪を犯した。現実世界における法を犯した。そして彼は罰され、もしかしたら、私も罰されたのかもしれない。彼と二人で作り上げた法の中で、私は罰され続けていたのかもしれない。

惇とビールとワインをしこたま飲んで、先に惇が寝てしまうと、何もかもが朽ち果てたような枯渇《こかつ》感《かん》の中で、冷蔵庫にあったジンをロックで飲み続けた。尾崎さんから一本あの小瓶をもらってくれれば良かった。口止め料に何本かくださいと連絡しようかと何度も思った。私は意識を失うようにソファで眠りにつき、途中何度か無意識的にトイレに起きた。横山さんにも直哉にも連絡はしなかった。

カナさん。弘斗の声で目を開ける。顔がまだ火照っている。まだ全く酔いが抜けていない。ソファの肘《ひじ》掛《か》けに頭を載せていたせいで首が痛い。反対側の肘掛けに頭を載せて寝ている惇を見て、首が痛くなるから今すぐベッドに行けと言いたくなる。

「おはよう」

「カナさんごめん。もう朝になる」

頭が痛いのか顔を歪《ゆが》めながら、弘斗は私を覗き込んで言う。

「いいよ。大丈夫」

「家に連絡した？」

「大丈夫」

カナさん？　弘斗の着ている惇のTシャツの襟首を摑んで引き寄せる。

「カナさん、ごめん。お酒に何か入れられたみたいで」

「別世界に来たみたい」

「え？」

「ここが昨日まで自分がいた世界だと思えない」

言い終えると同時に激しい混乱が襲って視線が泳ぎ、弘斗がそれを見て、私の混乱をどうにかしようとするようにキスをした。空はまだ暗く、窓からは冷気としんとした雰囲気だけが漂ってくる。弘斗の腕を強く摑む。私はあの時果たせなかった誠実であり続けるという、自分自身の望みでもあり彼の望みでもあった道を、ここで果たせるのではないかと、自分でも信じられないような希望を抱いている事に気付く。彼とだったら、私はあの時諦《あきら》めてしまった、相手に対して誠実に向き合うという行為から逃げずに二人の関係を全う出来るかもしれない。あの時捨てた自分と、あの時捨てた男と、あの時捨てた世界と、私は邂逅《かいこう》しているような気持ちでいた。

「弘斗が好きだよ」

「カナさん？」

「好きなんだって思う」

「俺も好きだよ」

弘斗は不思議そうな顔のままそう言って、どうしたのと私の頬に手をあてた。

「家まで送るよ。今日はゆっくり休んで」

頷いた弘斗にキスをして、私はソファから起き上がる。寝違えた首が痛い。いつの間にか着ていたTシャツや、自分の物の在処《ありか》や、惇の存在や、色々な事に戸惑っている弘斗に大丈夫大丈夫と言い聞かせ、半ば強引に支度をさせると私もコートを羽織って惇の肩を叩いた。

「惇？」

「うん？」

「帰るね。色々ありがとう。シャツとかまた今度返すから」

本当に今起きたのか、疑問に感じさせるほどドラマのようにすっと瞼を開けた惇はじっと私を見つめてカナ、と何か言いたげな表情で名前を呼んだ。

「送るよ」

「大丈夫。もう大丈夫」

本当に？　とじっと目を見て言う惇に何度か頷いて見せる。また連絡する。本当に何から何までありがとう、助かった、と言うと、惇は私の腕を握った。

「何かあったらいつでも言って」

分かった、と答えると、あとすごく首痛くなるからベッド行きなと言って、私は手を振った。今日はすみませんでした、失礼します、と弘斗は惇に頭を下げ、私について来た。最後に振り返ると、惇は私の事を信用していないような、不信さを顔に滲《にじ》ませて私を見つめていた。部屋を出ると、私は深い冷たさを感じる。氷の中に埋め込まれて行くような激しい冷たさだった。それまで居た世界から飛び出し、未知の世界に踏み出す恐ろしさが、今自分を包んだのだと思った。それまでの慣れ親しんだ世界に後ろ髪引かれる思いがする。惇の所に留まっていられたらと、微《かす》かにそんな想像をする。惇と寝たとしても、離婚して惇と寝たとしても、私の世界は本質的には何も変わらず、今の私でいられるはずだ。引越しをする時に似た、物悲しさが胸に渦巻いていた。

別々に出るか二人で出るか迷ったけれど、一人で出て行ったらそれこそ夜二人で部屋に入り朝方一人で出て来た的に書かれる可能性があると思い、私は弘斗と一緒に出る事にした。一般人二人なんだから撮られるはずがないのだ。そう思いながらも少し及び腰のままマンションを出て、大通りに出るとすぐにタクシーを拾った。

「まだ気持ち悪い？」

「いや、そこまでではないけど、ちょっとふらふらする」

「昨日、結構吐かせたから大丈夫だと思うけど、今日一日は飲み物いっぱいとって、寝てた方がいいと思う」

「分かった」

素直にそう言って、弘斗はシートに深く座った。ごめんね。本当に。ぽつぽつと言う弘斗に、大丈夫だよと笑う。

「でも何で、尾崎さんの彼氏についていっちゃったの？」

「そんな変なパーティだなんて思ってなかったんだよ。カナさんも後で来るからって言われて」

「ごめんね。私も尾崎さんがパーティ中にあんな事するなんて思ってもなかったから言わなかったんだけど、あの人ドラッグ乱用してるって噂があって」

「言っといてよ」

弱々しく笑う弘斗に、ごめんと言う。弘斗の膝に右手を置くと、弘斗の左手が載った。

「一回家帰るけど、何かあったら電話して。あと、明日か明後日《あさって》辺りにまた会おう」

「いいよ。俺はいつでも」

一度家に帰ったら、私はまた冷静になって今の気持ちを忘れてしまうのではないだろうか。そこまで考えて、私は今、弘斗に執着心を持っているのだと実感する。昨日まで、私の中には弘斗への抑えきれない感情など持っていなかったというのに。これから一日か二日弘斗と離れるのだという事実すら堪え難いように感じられた。

「俺んちにずっと居てもいいよ」

「今日は、一回帰る。連絡もしてないし、ちょっと心配だから」

「そっか」

弘斗はそう言うと、苦しそうな表情をして目をつむった。手を握り、寝てていいよと言うと、弘斗は私の肩に頭を載せた。数時間前に思い切り嘔吐していた人とは思えないほどいい匂《にお》いがして、何だと考えて、すぐに惇のシャツかと思いつく。

弘斗のマンションに着くと、私はタクシーを待たせ、弘斗を部屋まで送った。ベッドに寝かせると、冷蔵庫からペットボトルの水を一本持って来て枕元《まくらもと》に置いた。じゃあねと言うと、弘斗は目を閉じたまま連絡待ってるねと呟いた。すぐに連絡する、と言って、一度キスをすると私は部屋を出てタクシーに戻った。携帯を取り出して見ると、05:45と出ていた。横山さんの拘束時間は基本十二時までが原則で、それよりも遅くなる場合はそれが分かった時点で連絡するという、暗黙の了解がある。横山さんは自分から文句を言う事はないが、長い付き合いであり、これからも付き合っていく人である以上、今回の事は深く謝罪しなければならない。少し前に話していた体調不良の事も心配だった。でもそこまで考えて、私はこれからもあの家で暮らしていくつもりなのか。という疑問が沸き起こる。携帯には、直哉から深夜一時にメールが入っていた。さっき帰宅して横山さんに帰ってもらった事、私から連絡がなくて横山さんが心配していたという内容が入っていた。そして深夜三時半にも一件、大丈夫？と入っていた。一瞬悩んだ後に、私は美由起に電話を掛けた。電話は繫《つな》がらず、留守電に切り替わった。聞いたら電話して、と短くメッセージを残して電話を切った。頭の中で帰宅後の言い訳を練る。美由起が飲み過ぎて介抱して、美由起の彼女と一緒に家まで送った、その後美由起の彼女としばらくこたつで飲んでいたら寝てしまった。まあそんな感じでいいか、と投げやりにシナリオを決めてしまうと、私は携帯を放り出した。直哉は、何でどうしてとうるさく詮索《せんさく》するタイプではないのだ。

着きましたよという声にはっとして顔を上げ、眠気を振り払うように乱暴にバッグを漁《あさ》り財布を取り出した。あくびをしながらエントランスに向かって階段を上がり、キーケースを手に取った瞬間、後ろから足音がして振り返る。キーケースを持った手も、歩いていた足も何もかもが止まり、完全に静止したままぽかんと目の前までやって来た吉岡さんを見つめる。

「……あの」

「あ、どうも。こんばんは。いや、おはようございます」

「……おはようございます」

「ちょっと話したい事があって、待ってたんですか？」

「え？　ずっと、待ってたんですか？」

「ええ。ちょっと話せますか？」

「えっと、今、ここで、ですか？」

「いや、もし良ければどこか、ファミレスとかでお茶でも飲みながら」

私は凍えているような相手の声に同情して、そして何か一つ観念するように、分かりましたと呟いた。

「姉は、大丈夫ですか？　こんな時間まで帰らなくて」

「大丈夫です。帰国して以来、朝まで飲みに付き合うのも珍しい事ではなくなりました」

　私は黙って歩く吉岡さんについて十分ほど歩き、一番近いファミレスに入った。温かさのためか、吉岡さんは少しほっとしたような表情を見せた。朝までこの人と過ごしていたと思われかねないシチュエーションに気後れしたけれど、テーブルを挟んで向き合ってしまうと、私は今自分の置かれている状況が意味する所を考えざるを得なくなり一気に憂鬱になる。

「ちょっと、食べていいですか？」

「どうぞ」

　吉岡さんはいつもマイペースだ。のほほんとして、優しそうでもあり鈍感そうでもあり、いつもゆっくりと言葉を喋り、声も柔らかい。姉たちと飲み会をしている時も静かに微笑んで頷いているだけの事が多い。中肉中背で、色白、背もさほど高くない。姉の父親が背が高かったようで、姉は百六十八センチあるため、弘斗は姉の血を継いだのだろう。私は、どうしてこんな父親の遺伝子から弘斗のような男が出来たのかと、この人を無意識的に見下していた事を、改めて思い知る。私はコーヒーを、彼はビールとハンバーグ定食を頼んだ。それなりに大きな国道沿いにあるこのファミレスには、それでも四組ほどの客しか入っていない。周りの静かさに、緊張感が高まって行くのを抑えられない。

「あの、私あんまり長居は出来ないんです」

「あ、もちろん手短に話すつもりです」

「何でしょう」

「すみません。お聞きしたい事があって」

「はい」

「カナさん、うちの息子と会ってますよね」

言葉に詰まって、会ってますとも会ってませんとも答えられなかった。弘斗と会った日の朝の六時に家の前に張り込んでいたのだから、それはきっと、そういう内容なのではないかと思ってはいたけれど、実際に言われてしまうと身も蓋《ふた》もなく、私はそのばれたという事実の呆気《あっけ》なさに戸惑う。

「僕は定期的に、息子の部屋を見に行ってるんです。少し前に、何枚かの新聞記事を見つけました。国会図書館でコピーされたものでした」

「国会図書館？」

「カナさんが刺された時のものです」

何故《なぜ》弘斗が私が刺された時の記事を持っているのか。困惑と共に吉岡さんを見つめる。

「最初は、全然分からなかったんです。被害者の名前は出てないし、何でもう十年以上前の、殺人未遂事件の三面記事をプリントしてるのか。でもパソコンの検索履歴を見たら、その事件の加害者名と一緒に、カナさんの名前を入れて検索していたんです」

足元から這《は》い上がってくるような寒気を感じて、両手で両肘を抱える。惇から弘斗の話を聞いた時と同じような体の反応に気付いて、同時にあれからまだ七時間程度しか経っていないのだとも気付く。

「あのストーカー殺人未遂事件の被害者は、カナさんですよね？」

「そうです」

「あなたと息子がそういう関係にあるのか、それともただ息子が一方的に、なのか分からなかったので、しばらく、いわゆる、様子見をしていたんですけど」

「あの、一連の事を、姉は知ってるんでしょうか？」

「今はまだ何も。知っていたら黙ってられるような人じゃないですよ」

一瞬ほっとするものの、この人の意志一つで姉がそれを知るか知らないかが左右されるのだと思ったら、目の前の男が禍々《まがまが》しい存在に思えた。

「僕も子供の頃、従姉妹《いとこ》のお姉さんに憧《あこが》れてた時期があったんですよ。優しくて、大人っぽくて、余裕があるように見えて。だから、こっちに帰国してきてすっかり大人になったカナさんを見て、弘斗が憧れたりするかもなとか、思ったりもしたんですよ」

コーヒーとビールが出され、私たちは各々《おのおの》ゆっくりと飲み始めた。

「何を知っているのか、言ってもらえませんか？」

「あなたと息子が関係を持っている事は知っています。それ以上は何も」

「弘斗がストーカー事件を調べていたという理由だけでですか？」

「あなたが俳優との密会写真を撮られてから、ちょっと心配になって、頻繁に息子の動向を探るようにしていたら、ある時パソコンの検索履歴に日吉屋という言葉を見つけたんです。検索してみたら、どう考えても大学生が行くような店じゃないでしょうという所で。お店に電話して聞いたんです。引田という名前で予約してます、って。予約時間を確認したいって言ったら、教えてもらえました。張り込んだり、尾行したりなんていう事は、仕事もあるし出来ないので、何もしませんでした。でもやっぱり気になって、その日の夜弘斗に電話しました。今カナさんと直哉さんと飲んでるんだ、なんて言ってくれたらいいのになあって。でも、繋がらなかったので、あなたに電話しました」

ぐるぐると記憶が巡る感覚の後に、視界が薄れていくような現実感のぶれが襲ってきた。肩に力が入って、汚物を見つめるような表情のまま吉岡さんをじっと見つめる。

「すみませんでした」

えー嘘でしょきもっ、私の表情に吹き出しをつけるとしたらそれしかないだろうという表情をしている事に自分でも気付いていた。気付いていても、それを崩す事はできなかった。

「相手が息子なのかどうか、はっきりは分からなかったんですけど」

自分がそんな事をする資格はないのだけれど、最低気持ち悪い何でそんな事が出来るのかと罵《ののし》りたい気持ちが熱く沸き上がる。

「まあでもあの時、確信しました」

自分の中の罵りたい気持ちを強く抑え込み、気持ちを落ち着けようと努力しながら、そうですかと呟く。

「あの時の事は、謝ります。本当に、気が動転していたとしか言えないです」

許しますとも許しませんとも言える訳がない。しかもあのセックスの間中、二十分も三十分も動転していたというのか。そう思いながら、いえ、と小さく呟く。目の前にいる、義理の兄という間柄の男が、私と己の息子である弘斗のセックスの一部始終を聞いていたのだという現実を受け入れられず、私はでもきっとそれほど鮮明には聞こえてなかったはず、と何故か勝手な思い込みを強めている自分に気付く。防衛本能が、受け入れ難い現実を婉曲《えんきょく》的に変換するシステムが人間には組み込まれているのだろう。

「弘斗は、あなたを刺したストーカーの調査を依頼しようとしてます。恐らく、金が足りなくて実行を先延ばしにしてますけど、金が貯《た》まれば行方調査を依頼するはずです。そのために時々、日雇いの肉体労働をしています。それと、あなたが一緒に写真を撮られた俳優の事も調べてます。彼の住んでいる街を特定しようとしているのであろうと思われる情報がいくつか、息子のパソコンから見つかりました」

「あの、実は昨日、弘斗がアメリカで起こした事件の概要を、ある人から聞いたんです」

「なら話は早いです。息子は、ああいう人間に見えますけど、人畜無害な人間ではありません。息子は、恐らくカナさんを刺したストーカーに何らかの制裁を加えようとしている。あと、あの俳優にも、何をするか分からない」

「弘斗が恋人に暴力をふるって、全治二ヶ月の怪我《けが》を負わせた、っていうのは、本当なんですか？」

「本当です。相手の女性はあばらにひびが入っていて、首には真っ赤な痣《あざ》が出来ていました。僕も直接会って見ました」

詳細を聞きたいという思いと、聞きたくないという思いの狭間《はざま》で揺れ動く私の前にハンバーグ定食が出され、あ、あちらですと目の前の吉岡さんを手で示す。吉岡さんは話している内容の生々しさには全く揺れ動かないようで、ちょっとすみませんね昨日夕飯が早かったもんで、と言いながらハンバーグをフォークで切り分けスムーズに口に運ぶ。

「相手は中学の教師。原因は、彼女の浮気、という事で、合ってますか？」

「はい。元々、少し、危ない感じの先生ではありました。ちょっとビッチっぽいっていうか。そういう匂いのする人で」

惇の言葉の真偽を、こんなにすぐに確認する事になろうとは、思っていなかった。

「姉や、吉岡さんは知ってたんですか？　弘斗がその人と付き合っている事を」

「いや、僕も妻も全く。それに、相手の女性は、別に恋人として付き合っていた訳ではないって言うんです。体だけの関係が定期的に続いていていただけだって」

「え？」

「ビッチな女のセフレの一人だった、って事ですかね」

吉岡さんの言葉には、弘斗の親としての自嘲《じちょう》的なニュアンスと、弘斗を男として馬《ば》鹿《か》にすると同時に同情するというニュアンス、それぞれが含まれている気がした。

「でも、弘斗は本気だったわけですよね」

「そうでしょうね」

吉岡さんはハンバーグとご飯を交互に食べ、口を拭いつつビールも飲む。

「あの……」

「はい？」

「今日、ずっと待ってたんですか？」

「十一時くらいからです」

「今日も、何か情報があって、待ってたんですか？」

「今日、本当だったらうちに夕飯を食べに来る予定だったんです。それが、ちょっと前に予定が出来たから別の日にしてくれって連絡してきて、息子は割と先約を優先する子だから珍しいなと思って。カナさんと一緒かなと、僕が勝手に想像して」

「今日、私を待っていたのは、何でですか？」

「僕は別に、倫理的にとかそういう事を言うつもりはありません。引田さんには申し訳ないけど、弘斗とカナさんが惹《ひ》かれ合ってそうなってるなら、その関係を続けていくのはもう、僕が口を出せる領域じゃありません。でも忠告した方がいいのかと思ったんです。その、弘斗が起こした事件の事を既にご存知だったので、あるいはそんな忠告なんて必要なかったのかもしれないけど、あの子はね、やっぱりちょっと変な子なんですよ」

「ちょっと変、というと？」

「いつもにこにこしてるでしょう？　穏やかで、爽《さわ》やかで、本当に裏表のない感じの、好青年でしょう？　学生の頃に、あんな同級生居たら、僕はすごく嫌いだったでしょうね。例えば社交ダンスとか、学園祭の出し物でバンドやったりとか、そういう事さらっとこなせちゃう奴《やつ》、いるじゃないですか。勉強も運動も音楽もダンスも出来て、女の子とも自然に仲良く出来て、器用で、優しくて、人並み以上の正義感もあったりして。僕は文化系の、じめっとした学生だったんでね、そういうミスター何々とかに推薦されるようなタイプの奴がほんと嫌いだったんですよ。でもね、そんな奴に見えて、あいつは人を殺しかけたんですよ。私たち両親と、向こうの女性と話し合って、示談にしてもらって治療費と慰謝料払って、日本に帰る事も決まって、ようやく解放されたと思って僕らがへとへとになってる時にもね、あいつはまだ相手の女性を殺そうとしてたんですよ。ダガーナイフを隠し持ってたんです。物わかりの良い顔で本当にすみませんでした、って相手の女性にも僕たちにも謝ってたけど、ずっと殺す気でいたんですよ。学校の周辺で強奪事件が起こったから護身用に買ったんだって言い張って、茜は信じたみたいでしたけど、僕はそんなの信用しませんでしたよ。相手は銃を持ってる可能性が高いのに、ナイフで護身しようなんて、まともな人間は考えません。あの時二度目の事件を未然に防げたのは、ほとんど奇跡に近かったし、その危険を何とか回避出来たから生き延びたんです。僕も妻も、弘斗も。でも日本に戻って一年で、あいつはあなたと寝るようになった。このまま放っておけば、あなたの元ストーカーかあの俳優、あるいは引田さん、いや、もしかしたらあなたかもしれない。事によっては、あなたの事だって殺しかねないですよ。何をするか分からないんです。人畜無害で、真っ当な若者みたいな事言うでしょう？　でも、まともじゃないですよ。十七歳で付き合ってもない女を殺しかけた時まで、僕にも妻にも、全くそんな要素を感じさせなかったんです。僕も妻も、全く信じられなかったんですよ。あいつが誰かを傷つけるなんて、考えた事もなかった。平和主義で、正義感があって、女性にも老人にも小さい子にも優しくて、笑っちゃうけど、本当に模範的な息子だったんです。外では老人の荷物を持ってあげたり、一緒に信号を渡ってあげたり、迷子になった子供と一緒に親を探してあげたり、人が物を落とせば走って届けに行くし、高校でも優等生だった。女の子にも人気があったんです。弘斗のおかげで、日本人男性は紳士だって、弘斗の学校の女子生徒たちはそう思ってたんです。それが、ある日突然女の人をボコボコにした。意味が分かりませんでしたよ。でも、きっとかっとしたんだって、若者が恋愛で我を忘れて暴力をふるう事くらいあり得るって、思い込んだんです。でもあいつは示談が成立した後も彼女を殺す機会を窺《うかが》ってたんです。あいつがナイフを隠し持ってたのを見つけた時、僕はいつか犯罪者の父になる日が来るのかもって、覚悟しました」

「でも吉岡さんは、弘斗と彼女がどんな関係を結んでいたのか、正確には知らない訳ですよね」

「そうですね。僕も妻も、事件を知るまで、弘斗が彼女と関係を持っていた事を知らなかった訳ですから」

「彼らの関係の中では、そうなるのが自然だったのかもしれません。例えば私は元恋人に刺されましたけど、それは、それまでの私たちの関係性の中では自然な流れだったんです」

「もちろん僕には分からない事もたくさんあります。でも総合的な評価として、僕は弘斗の事がよく分からないし、信用もしていません」

「信用っていうのは、自分の抱いている相手へのイメージが裏切られたら、なくなってしまうものなんでしょうか。私は暴力事件の事を聞いてそれなりにショックを受けましたけど、彼とその相手の関係性も知らないまま、その概要だけを聞いて彼について判断を下す事は出来ないし、結局のところ彼と私が築いている関係性の中でしか、私は彼について知る事は出来ないように感じてます。それに、許せないものがあるという事は、決して悪い事ではないと思います。全《すべ》ての事に仕方がないと言ってしまえるような人間より、守るべき倫理を持っている人間の方が、人として真っ当じゃないでしょうか」

「それは、何を守っているかによるでしょう」

「もちろん。でも、彼の守ろうとしたものは、彼女と作り上げた二人の世界の根幹にあるものだったのかもしれません。彼らの関係性を知らずに、彼のとったその行動だけを見て、彼を信用出来なくなったと喚《わめ》くのはおかしくありませんか。弘斗はあなたたち両親の前では無害で健全な息子だったし、事件後もそうであり続けてるんですよね？　だとしたら、自分の見ている弘斗、彼が見せている弘斗を見るべきなんじゃないでしょうか。私は、自分自身が刺されて裁判を経験しているので、その時に違和感を抱いたのをよく覚えています。刑事事件になったのでもちろん仕方なかったんですけど、私は他のたくさんの人たちが私たちの間に入り、善と悪、故意や未必について議論して、彼の罪を裁こうとしているのを見て、私たちの関係が地に引き摺《ず》り下ろされて、晒《さら》しものにされて、いたずらに穢《けが》されているような印象を受けたんです。裁判は私たちの関係の一端すら考慮されずに進行していると感じました。もちろん社会の規範を作るために法律も裁判も必要です。ストーカー法が出来た事で、多くの人々が救われたのは事実です。恋人や元恋人ではなく、通りすがりの人にストーカーされる人だっているわけですから。でも私の場合は、自分の命を一度は相手に預けたんです。殺していいって、何度も言ったんです」

「どんな倫理を持っていたとしても、暴力は絶対悪です」

「暴力は絶対悪です。でも、私には、私を刺したストーカーも、弘斗も、悪人には見えません」

さっき、惇から話を聞いた時は取り乱したくせに、私は華麗に方向転換をしていた。私は、弘斗の事を正当化したいがために、かつて自分が呪《のろ》った相手への憎悪《ぞうお》までをも誤魔化しているのではないだろうか。ハンバーグの最後の一切れを食べ終え、ナプキンで口を拭うと、吉岡さんはふうと息を一つついて、お冷やを飲み干した。

「弘斗はあなたに会って、救われたのかもしれない」

眉《まゆ》を上げて、え？　と聞き返す。

「分からないけど、大学の女の子たちと付き合うより、あなたと隠れて関係を持っている方が、弘斗にとっては自然な事だったのかもしれない。本音を言えば、僕はあなたの事が許せない。よりにもよって甥《おい》と不倫をして、その上しれっとした態度で物分かりのいいような事を言いながら、弘斗と別れるつもりもない。あまり常識のない人だとは思ってましたが、ここまで恥知らずとは思っていませんでした」

私がここで弘斗と別れますと言えば彼は満足なのだろうか。自分が常識的ではないという自覚はあったけれど、恥知らずという言葉にはある種の驚きを抱く。その、私の知らない恥というものは、恐らく私には一生恥として知覚出来ない類《たぐい》のものなのだろう。

「でも、あなたは弘斗にとって何かしらの救済になっているんでしょうね」

自嘲的に言うと、空になったハンバーグの皿にご飯の皿を重ねて、吉岡さんはビールを飲みきった。話せて良かったです。と呟くと、吉岡さんは出ましょうかと続けた。

はいと言って立ち上がると私たちはレジに向かう。

「僕が来た事、茜にも、弘斗にも黙っていてもらえますか」

「分かりました」

「また何かあったら、連絡します」

「あの、弘斗を詮索するような事は、止めた方がいいと思います。心配なら、隠れて詮索するのではなくて、話し合うなり何なりする方がいいんじゃないでしょうか」

私はもしも俊がいつか犯罪を犯そうとしていたら自分はどうするだろう。少なくとも詮索ではない。きっと、何か彼の知らない事で、自分の伝えるべき事があるんじゃないかと、その何かについて考え、話し合うだろう。でもそんなの、実際に息子が事件を起こした彼にとっては綺麗事《きれいごと》にしか聞こえないのかもしれない。

「弘斗を、止めてやってください」

「止める？」

「あの子を犯罪者にしたくない。でも僕は、弘斗にどんな言葉をかけるべきか、どんな事を話すべきか、分からないんです。茜もそうです。あの事件以来、僕らは弘斗とどう付き合ったらいいのか分からないまま、どこか気を使いながら、表面上はうまくやってきました。でもカナさんが言う通り、弘斗は僕たちにとっては健全で無害な、いい息子です。あの事件は幻だったんじゃないかって、そんな妄想に逃げたくなるくらい、今も弘斗は普通に、いい息子なんです」

弘斗のイメージと暴力事件を起こした若者というイメージは確かに重なりづらい。惇から話を聞いた時、信じられない、と私も反射的に思った。でも一晩明けた今となっては、むしろ彼が暴力事件を起こしていなかったとしたら信じられない。そう思うほど、二つのイメージはしっかりと重なり合っていた。吉岡さんは、また連絡しますと言って、ファミレスの前で私に背を向けた。くたびれた黒いウールコートが吉岡さんの猫背にぴったりと寄り添い、足音と共に揺れている。空は白み始め、湿った空気の匂いがする。国道を走るトラックの音がやけに大きく聞こえる。私も吉岡さんに背を向け、一歩、歩足を進める。タクシーに乗ろうかなと思って、いや、徒歩十分だぞと思い直す。でもなかなか近づかない高層マンションを見上げて歩きながら、自分の歩幅の小ささを思い知る。人は一歩ずつしか歩けない。無力感は抱くが、絶望するほどの事ではない。私は歩きながら、携帯を取り出した。画面に人差し指を滑らせ、連絡帳を検索する。

「もしもし？」

「おはよう」

「起きてた？」

「うん。何か目が冴《さ》えちゃってさ。あれからずっと起きてたんだ。どうしたの？　こんな時間に。まだ外？」

「うん。惇に頼みがあるの。聞いてくれる？」

「カナから頼み事か。いいね。言ってごらん」

あのね、と切り出した私の背中に、日の光が差したのが分かった。私はいつか、何かを、あるいは全てを失うのだろう。でも、失う事も得る事も出来ないでいるより、全てを失った方がいくらかましなのかもしれない。携帯に向かって静かに微笑《ほほえ》んで話をしながら、自分も含めた世界がスローモーションになって、全てが感知できるほど全てがゆっくりと回っているような感覚になる。世界の全てがはっきりと輪郭を持ち、ゆっくりとその全貌《ぜんぼう》を見せ、全てが飲み込めるようになめらかだった。私がここに存在しているという事を、目の前に倒れるようにして地面を黒く染める影が証明していた。

インターホンが鳴ってしばらくして、部屋の中で物音がした。鍵《かぎ》の開く音がして、一瞬身構える。

「カナさん」

「寝てた?」

うん、と言いながら弘斗は何度か右手で目を擦《こす》り、擦った後また私をじっと見た。白いTシャツに黒いスウェットを穿《は》いた彼は、いつもよりも幼く見える。朝にカナさんが俺の部屋に来るなんて、なんか不思議だな。そう言って、弘斗は私の腕を摑んで引き寄せた。

「もう会わないとか言いに来たの?」

抱きしめられたまま首を振る。

「話したい事があるの」

腕の力を弱めた弘斗は、上がって、と言って私の手を引いた。弘斗の部屋は初めて来た時と同じように、潔癖な印象をぎりぎり残さない程度に整頓《せいとん》されている。引き出しも、クローゼットも、きっと三分の一程度の余裕を持って、物が仕舞われているだろう。

「ビールか何かある?」

朝から? と笑いながら、弘斗は冷蔵庫を開け一本缶ビールを出し、蓋を開けてローテーブルに置いた。弘斗は飲まないの? と聞くと、しばらく禁酒しようと思ってさと彼は笑って、私の向かいに座る。

「一昨日《おととい》、弘斗と別れた後、吉岡さんに会ったの」

「俺と別れたのって、明け方じゃなかった？」

「そう。朝の六時くらい。吉岡さん、うちのマンションの前で待ってたの」

じっと私の目を見て、弘斗は黙り込んだ。

「吉岡さんは、私たちの事に気がついてる。それで、弘斗の起こした事件についても聞いた。えっと、それは吉岡さんから聞く前に、惇からも聞いてたんだけど」

「どういうこと？」

「私が頼んだ訳じゃないんだけど、惇が、興信所に依頼して弘斗の起こした暴力事件について調べてたの。吉岡さんからも、色々聞いた」

弘斗は黙ってじっと私の手の中の缶を見つめていた。やっぱり俺も飲むよと立ち上がった彼は、缶を手に持ってテーブルに戻って来ると今度は私をじっと見つめた。

「惇さんも父さんも、卑怯《ひきょう》なやり方するね」

「弘斗の起こした事件について、私は弘斗に何も言うつもりはないよ。弘斗に知らせておいた方がいいかなと思ったから言っただけ。あと吉岡さんは、自分が私と弘斗の関係に気付いてる事は弘斗には黙っていてくれって言ってた。一昨日、私に会いに来た事も」

　プシュと音がして、弘斗は缶を差し出した。缶をぶつけると、コンと鈍い音がして私たちは少し表情を緩める。

「俺に聞きたい事はない？」

「私が何か聞いて、弘斗が何か答えても、私の知りたい事は何も分からないと思う」

「カナさんは、具体的な話しかしないね」

「え？」

「カナさんは、自分の気持ちとか感情とか、そういうものを口にしないよね」

「……そんなこと」

　と言って絶句して、初めて言われたよと続ける。

「知りたいんだ。カナさん俺の話を聞いてどう思ったのか、どう感じたのか」

「驚いたよ」

　視線を上げて弘斗と見つめ合って言う。その先に言葉が続かなくて、驚いた、ともう一度言う。それだけ？　と聞かれて、そうだねと答えると、弘斗はそっかと呟いて笑った。

「離婚しようと思うの」

「え？」

「夫と離婚しようと思ってる」

「それは、俺の事が理由？」

「うん。弘斗との事がなければ離婚は考えなかったと思う。でも、直哉も浮気してるみたいだし、私たちが一緒に居る必然性は、元々そんなになかったんだと思う」

戸田さん打合せ、の文字のあった十二月十二日、直哉は午前二時に帰宅した。仕事でもそのくらいになる事はあるため、浮気かどうかは分からなかったけれど、その後再び手帳を盗み見て、十二月末に新しく、戸田さん打合せの文字を見つけていた。

「離婚したら、俺と暮らしてくれる？」

考えてみたの。私はそう言って、一日かけて練ったプランを弘斗に話した。惇を通じて興信所に直哉の浮気調査を依頼した事。調査がクロだったら離婚の協議を始め、慰謝料が取れたら、それを元手に弘斗は今の大学を卒業後イギリスに留学する事。私は日本で働いて貯金し、留学資金が足りなければ援助する。弘斗の就職が決まったら、その貯金で二人の生計を立てていく。ベストではなくともベターを追求して出した案だったにも拘《かかわ》らず、弘斗は納得《なっとく》いかないように顔を顰《しか》めた。

「慰謝料で留学とか、カナさんに稼いでもらって留学とか、そういうのは俺は嫌だよ。

留学して、海外をベースにして働いていこうと思ったら、四年とか五年じゃ済まないかもしれないんだよ。お金だって、何年もってなったら一財産かかる」

「長さは問題じゃないでしょ？」

「長さだって問題だよ。四年も五年も離れて、お金だけ送り続けてもらうなんて、俺は耐えられない」

「弘斗の言ってる事はある意味では正しいけど、その正しさは今採用するべき正しさかな」

「俺が留学先で別の女の子と付き合ったりしたらどうする？」

「甥への投資として、留学期間中はお金を送り続けるよ」

「日本に戻って就職したいって言ったら？」

「それが弘斗の望みならいつでも戻って来ればいい」

「カナさんは冷静だね。カナさんには堪え難い感情がないから、カナさんはいつも正しい」

「私は弘斗が嘘《うそ》つきであっても犯罪者であっても構わないけど、弘斗が今の大学でぼんやり勉強して、適当な企業に就職するのは嫌なの。一回行ってみて、向こうで勉強して、研修もして、どこで仕事をするべきか考えればいい」

「カナさん、男に求めるレベル高すぎない？」

「私は何も求めてなんかないよ。海外に行きたいのは弘斗でしょ？」

「俺はカナさんの事も求めてる」

「二人で生きていけるなら、私はどこにでも行くよ」

「俊のことは？」

「出来る限り連れて行きたいけど、中学に入ってたら連れて行くのは難しいかもね」

「母さんには？」

「私からは言わないよ。もしばれて、向こうが望むなら縁を切るしかないかもね」

「分かんないんだけど、俺はカナさんに愛されてるのかな」

「愛してるんだと思う」

正直な気持ちを口にする。多分これは愛なんじゃないかという感情に私は突き動かされていたし、それは、これが愛でないのならば、もう何が愛なのかさっぱり分からないと言える、そういう感情だった。弘斗は隣に来て私の手を握った。二人で、握っていない手でビールを飲む。分かったよという言葉にほっとして、手の力を強める。

「お金の事は自分で何とか出来るように考えるけど、ちゃんとやりたい事やるよ」

「一つ教えてくれない？　暴力事件の示談が成立した後、弘斗がナイフを隠し持ってたって吉岡さんが言ってたけど、彼女を殺すつもりだったの？」

「違う。あれは本当にただの護身用だった。学生がリンチ強盗の被害に遭う事件が立て続けに起こったんだ」

「ナイフは、学校には持ち込めないんじゃないの？」

「車で通学してたから、車に置いてた」

そう。私は呟《つぶや》くとビールを飲み干して顔を上げる。何となく違和感を抱いて部屋を見渡す。この部屋は独房のようだ。白で統一されたリネン類、装飾のない家具と小物。ローテーブルに置かれた二つのハイネケンの缶がけばけばしく見えるほど、彼の部屋にある物は飾り気がなかった。きっと彼は嘘をついている。そう思ったけれど、それを追及する意味はないだろう。男はいつも、つかなくていい嘘をつく。直哉が浮気している事も、惇が恐らく尾崎さんと性的な関係を持っていた事も、弘斗が彼女を殺そうとしていた事も、私にとっては隠す必要のない事実だ。彼らはそうやって女に嘘をつく事でしか保てない、何か繊細なバランスのようなものを、自分の中に抱えているのかもしれない。でもそのバランスは、女には全く関係ない、彼らの個人的なものでしかない。

「弘斗は、どうして彼女を殺そうと思ったの？」

弘斗はじっと真《ま》っ直《す》ぐ前を見つめ、少し思案するように視線を上げた。

「そうしなきゃいけなかったんだ」

　壁にかかった時計の秒針が、３の所で止り、五回どくどくとその場で脈打った後、がくんと五秒分一気に進んだ。一周前もそうだったから、きっとずっとそうなのだろう。こんな風に馬鹿になっても、秒針がきちんと帳尻《ちょうじり》合わせをしている事に、私は軽い感動を抱く。じっと時計を見上げながら、ビールの缶に手のひらが全て触れるようにぎゅっと握る。

「カナさんも、刺されなきゃいけなかったんでしょ」

　答えないまま、じっと時計を見つめる。やっぱり秒針は３の文字を示したまま五回振動して、がくんと４の文字を差した。そうかもね。私はそう呟いて、弘斗の肩に頭を載せた。弘斗は黙ったまま私の肩を抱き、もう片方の手を回して抱きしめた。ずっと一緒に居てくれる？　問われた言葉に顔を上げ、きっとね、と答える。俊が、Maybe、という英語の代替として「きっとね」と口癖のように言うため、私にもうつってしまった口癖だった。きっとね、は多分とも恐らくとも違った、独特な響きを持っている。そこに自分の意志を介入する余地のない、自然に任せたらそうなるのだろうという予想を思わせる言葉だ。無責任に予測の言葉を発する時に、最適な言葉だ。

「そうだ、ちょっと待って」

彼は立ち上がるとデスクに向かい、引き出しを開けると正方形に近い、茶色の箱を取り出した。遅くなったけど、誕生日プレゼント。いいのにと言いながら、硬いボール紙で出来た箱の隙間《すきま》に指を入れ押し上げる。エアクッションを外すと、糸に指を掛けて持ち上げる。風鈴……と呟くと、答えるようにチリンと音が鳴った。もうそんな季節じゃないけど、来年の夏、一緒にこの音を聞けたらいいなって思って。彼の言葉を聞きながら、うっすらと青いグラデーションのかかったガラスに泳ぐ二匹の金魚を見つめていると、風鈴に纏《まつ》わる、恐らく私の人生で唯一《ゆいいつ》の記憶が突如蘇《よみがえ》った。小学校低学年の頃、夏祭りに出かけた時だった。慣れない下駄《げた》で道の両脇《りょうわき》に並《つ》ぶ露店に目を奪われながら両親の後ろを歩いていた私は、色とりどりの風鈴が何段も吊り下げられている露店の前で立ち止まった。控えめな照明を当てられた風鈴はそれぞれ金魚や花火、ヒマワリなど涼しげな絵付けがされていて、私は一瞬で心を奪われた。夏祭りの雰囲気と、普段はしない夜の外出、着慣れない浴衣《ゆかた》、シャラシャラと独特の音をたてる何百もの風鈴、私は不意にどこか別世界に迷い込んだような不安に襲われ、はっと我に返って両親の背中を探した。いつも好き放題おねだりをする子供だったくせに、何故か私はその時風鈴が欲しいと言い出せなかった。私の人生の中で風鈴が存在感を持った瞬間は、ただのあの時だけで、あれ以来欲しいと思った事もなかった。二十年以上の時を経て、あの当時存在もしていなかった弘斗が今、私にプレゼントしたのだ。指にかけた風鈴を持ち上げ、じっと見上げながら、私はこの記憶の中の自分と生きて行くべきなのではないかと思う。弘斗と一緒に居ながら事ある毎《ごと》に、私はストーカーや、幼き日の俊を思い出してきた。でも、私が採用すべき過去は、そういうものではないのかもしれない。全ての歴史が現代史であるならば、私の過去は今の私が作り上げ、構成し続けているという事だ。私は弘斗とあの暗く不毛な過去を生き直すのではなく、弘斗が二十年かけて満たした、あの夏祭りの日の私の心と生きて行くべきなのではないだろうか。

「少しは心が埋まったかな」

「ずっとこれが欲しかった」

彼の目を見つめてしっかりとした口調で言い切った瞬間、押しとどめて来た感情がどっとわき出すようにして、これまでの弘斗の言動が思い出されていき、体中が沸き立つような振動を感じる。細胞一つ一つが裏返っていくようだった。風鈴を見上げていたあの時の私と、今の私とが点と点で繋がって、その間に存在する全ての過去がぐるっとオセロのようにひっくり返ったのかもしれない。初めて会った時から好きだった、弘斗はそう言った。でも私は、風鈴に心を奪われたあの時から、まだ存在していなかった弘斗が好きだったのかもしれない。私はストーカーに刺された瞬間からでもなく、ロンドンで自分を抑圧して生きてきた経験の中からでもなく、あの風鈴を手に入れられなかったあの夜からずっと、何かを喪失し続けてきたのかもしれない。良かった、そう言って弘斗は私の隣に座り、ぴったりと寄り添った。二人で風鈴をじっと見上げ、私は手元を揺らして音をたてる。この思いに、私は全てを差し出すだろう。軽薄の上に築き上げた、全てを差し出すだろう。弘斗の鼓動を体で感じ、彼は生きているのだと思う。そして自分もまた生きているのだと思い出す。解放されたような気分だった。罪からも罰からも、罪と罰という価値観からも解放され、全てから許されたような気がした。弘斗の胸元に顔を埋め、シャツにしがみつく。彼の温かい腕が私の背中を覆《おお》う。私は激しい拘束感に驚き、激しい解放感にも驚き、その世界の鮮明さにも驚いた。世界には、驚くほど鮮やかな色彩があった。

解説――暗い熱水の底

髙樹のぶ子

天からは陽光が降り注ぎ地面からは清水が湧《わ》き、そのように神が仕組んだとおりに、緑が生い茂り生命が溢《あふ》れる地表。けれど、神が用意した穏やかな世界には棲《す》めなくて、酸素も乏しい深海の、暗い熱水の底でしか生きられない生きものもいる。そのような存在もまた神の創造だろうか。

金原ひとみさんの作品を読むたび、誰よりも光を求めながら、けれど性の引力と愛の欠落感ゆえ、暗い熱水の底に落ちていき、そこでようやく呼吸が出来る人たちに出会う。自分が安住することのできない平穏な地表世界を、呪《のろ》うのでも憎むのでもなく、ひたすら凝視する作者の眼差《まなざ》しを、溜息《ためいき》とともに怖いとも美しいとも思う。

血の繋《つな》がった男女の性愛は、背徳というより禁忌である。けれど背徳も禁忌も、地表世界のモラルに照らした言葉。背かねばならぬ徳が存在し、それゆえ忌《い》み禁じられる領域も在る世界のはなし。

海底の別世界には別のモラルがある。男女にとって何がもっとも必要か、生きて行くための最後の希望とは何か。

どうやら万死あるだけの熱水と酸欠の場でしか、命を燃やすことが出来ず、そこでしか生の実感を得られない男女も居るのだと、作者は切実に、傲慢《ごうまん》に、素直な高揚をぶつけて書いている。

主人公は三〇歳の女性で、一五歳年上の経済力ある夫との間に、男の子を成している。仕事にも恵まれている。高級マンションに住み、ベビーシッターを雇って育児と仕事を両立させている。子供はかわいいし、これ以上望めない暮らし。

けれど骨身に届く何かが欠けていた。

エロスに導かれる幸福な悲劇が進行する根底には、過去において異常な執着に縛られた、骨身に届く痛みや恐怖の記憶がある。高校時代に同棲《どうせい》していた男は、彼女を束縛し束縛もされたあげく、離反に耐えきれずストーカーとなり、ついに彼女の背中に刃物を突き立てた。

忘れたい記憶は、しかし彼女の身体にひそかに毒を埋め込んでいたらしい。その毒の作用か、平穏な暮らしの中に舞い込んできた、一見柔和な一九歳の大学生の、強引な性愛にのめり込んで行く。一〇歳年下のこの青年も、実は同じような執着性向を隠しもっていて、アメリカで女性教師を殺しかけた過去があり、逃げるように帰国したのだった。しかも彼は歳の離れた姉の一人息子で、血の繋がった甥《おい》である。生まればかりの赤ん坊の甥を一〇歳の自分が見た記憶があり、この記憶は、自分が産んだ息子への気持ちにも重ねられている。息子であっても異性として認識するタブーを、作者はあっさりと乗り越えている。

その実態を説明する場面は、軽やかで衝撃的だ。彼女の誕生パーティに集まってきた姉夫婦とその息子、自分たち夫婦と幼い息子、つまり二家族六人を見て彼女は気づく。

「私がこの中の二人の男とセックスをした事があり、一人を膣《ちつ》から生み出した……そして姉と私は同じ膣を通って生まれてきた……」

いつもながら作者は、インモラルの臨界点を超えてくる。臨界点を超えたところにも、破壊的な命の燃焼が可能なのだと、訴えてくる。

そのような燃焼熱でしか生きる実感が得られないという、轟々《ごうごう》たる哀《かな》しみを伝えてくるのだが、その動力は性だ。性の快楽は、インモラルの臨界点を超えるだけの力があるかどうか。それが勝負になる。だから作者は、全精力を傾注して、快楽の深さを描く。性交を通じて、人の奥深いところに眠る本性に手を伸ばす。

しかし快楽を深めれば深めるほど、愛からは遠ざかる。彼女はストーカーとなった男にも、夫にも、そして性愛にふける甥に対しても、愛を感じていない。自分は誰も愛していない、と思っている。寒々とした自己憐憫《れんびん》は、彼女をさらに性愛へと駆り立てる。

「愛」とは何か。それを追い求める小説でもある。さて、見つかるだろうか。

彼女は夫を捨てて、甥とともに地表の恵まれた世界から逃げ出すことを考える。世間から見れば異常でしかない、深くて暗い熱水の底で、これが「愛」だと思えるものを摑《つか》めるのだろうか。

小説のエッジぎりぎりを疾駆する作者が、転げ落ちそうで落ちないのは、鋭敏な身体感覚でもって、我々地表世界と繫がっているからなのだ。

（「波」二〇一六年三月号より再録、作家）

この作品は平成二十八年二月新潮社より刊行された。

金原ひとみ著
マザーズ
ドゥマゴ文学賞受賞

同じ保育園に子どもを預ける三人の女たち。追い詰められる子育て、夫とのセックス、将来への不安……女性性の混沌に迫る話題作。

金原ひとみ著
マリアージュ・マリアージュ

他の男と寝て気づく。私はただ唯一夫と愛し合いたかった——。幸福も不幸も与え、男と女を変え得る〝結婚〟。その後先を巡る6篇。

髙樹のぶ子著
光抱く友よ
芥川賞受賞

奔放な不良少女との出会いを通して、初めて人生の「闇」に触れた17歳の女子高生の揺れ動く心を清冽な筆で描く芥川賞受賞作ほか2編。

江國香織著
ちょうちんそで

雛子は「架空の妹」と生きる。隣人も息子も「現実の妹」も、遠ざけて——。それぞれの謎が繙かれ、織り成される、記憶と愛の物語。

小川洋子著
いつも彼らはどこかに

競走馬に帯同する馬、そっと撫でられるブロンズ製の犬。動物も人も、自分の役割を生きている。「彼ら」の温もりが包む8つの物語。

恩田陸著
私と踊って

孤独だけど、独りじゃないわ——稀代の舞踏家をモチーフにした表題作ほかミステリ、SF、ホラーなど味わい異なる珠玉の十九編。

小川糸著
サーカスの夜に

ひとりぼっちの少年はサーカス団に飛び込んだ。誇り高き流れ者たちと美味しい残り物料理に支えられ、少年は人生の意味を探し出す。

川上弘美著
なめらかで熱くて甘苦しくて

それは人生をひととき華やがせ不意に消える。わきたつ生命と戯れながら、恋をし、産み、老いていく女たちの愛すべき人生の物語。

角田光代著
笹の舟で海をわたる

不思議な再会をした昔の疎開仲間は、義妹となり時代の寵児となった。その眩さに平凡な主婦の心は揺れる。戦後日本を捉えた感動作。

窪美澄著
よるのふくらみ

幼なじみの兄弟に愛される一人の女、もどかしい三角関係の行方は。熱を孕んだ身体と断ち切れない想いが溶け合う究極の恋愛小説。

桜木紫乃著
無垢の領域

北の大地で男と女の嫉妬と欲望が蠢めき出す。子どものように無垢な若い女性の出現によって——。余りにも濃密な長編心理サスペンス。

千早茜著
あとかた
島清恋愛文学賞受賞

男は、どれほどの孤独に蝕まれていたのだろう。そして、わたしは——。鏤《ちりば》められた昏い影の欠片が温かな光を放つ、恋愛連作短編集。

軽《けい》薄《はく》

新潮文庫　か－54－4

平成三十年九月一日発行

著者　金《かね》原《はら》ひとみ

発行者　佐藤隆信

発行所　株式会社 新潮社

郵便番号　一六二―八七一一
東京都新宿区矢来町七一
電話 編集部(〇三)三二六六―五四四〇
電話 読者係(〇三)三二六六―五一一一
http://www.shinchosha.co.jp

価格はカバーに表示してあります。

乱丁・落丁本は、ご面倒ですが小社読者係宛ご送付ください。送料小社負担にてお取替えいたします。

印刷・大日本印刷株式会社　製本・憲専堂製本株式会社

ISBN978-4-10-131334-4 C0193